Zora del Buono

Gotthard

Abgründig und komisch, sinnlich und raffiniert erzählt Zora del Buono in «Gotthard» von den Arbeitern am Gotthardbasistunnel, von einer buchstäblich heißen Arbeitsatmosphäre und einer Leiche im Keller. Fritz Bergundthal, Eisenbahn-Fan aus Berlin und gepflegter, fünfzigjähriger Junggeselle, ist zum Gotthardtunnel ins Tessin gereist, um ein paar spektakuläre Fotos schöner Lokomotiven zu machen. Aber im Laufe eines einzigen Tages, von dem «Gotthard» erzählt, wird er immer tiefer verstrickt in die freundschaftlich-familiären und erotischen Verwicklungen der Arbeiter rund um die Baustelle des Gotthardbasistunnels. Da sind die immer noch fesche, schrill alternde Dora Polli-Müller und ihre burschikose Tochter Flavia, Robert Filz mit seiner obsessiven Liebe zur brasilianischen Hure Mônica, Aldo Polli und Tonino, die in einer merkwürdigen, spannungsgeladenen Abhängigkeit aufeinander fixiert sind. Und die heilige Barbara, Schutzgöttin der Tunnelbauer, ist gestohlen worden. Ein böses Omen, was sich im Laufe dieses Tages grässlich bewahrheiten wird.

Zora del Buono, geboren 1962 in Zürich, studierte Architektur an der ETH Zürich. Sie ist Gründungsmitglied der Zeitschrift «mare», Kulturredakteurin und freie Autorin, zudem unterrichtet sie als Gastdozentin an verschiedenen Hochschulen. Ihr Roman «Hinter Büschen, an eine Hauswand gelehnt» erschien bei C.H.Beck 2016.
Im mare Verlag sind ihre Romane «Canitz' Verlangen» (2008) und «Big Sue» (2010) erschienen sowie «Hundert Tage Amerika. Begegnungen zwischen Neufundland und Key West» (2011).
www.zoradelbuono.de

Zora del Buono

GOTTHARD

Novelle

C.H.Beck

Die Arbeit am vorliegenden Buch wurde durch einen Werkbeitrag des Kantons Zürich gefördert

Die ersten beiden Auflagen dieses Buches sind im Jahr 2015 in gebundener Form erschienen.

Unveränderter Nachdruck
3. Auflage. 2018

 | Umschlaggestaltung: *Rothfos-Gabler* | Umschlagabbildung: plainpicture | Satz: Fotosatz Amann, Memmingen | Druck und Bindung: Beltz, Grafische Betriebe GmbH, Bad Langensalza | Gedruckt auf säurefreiem, alterungsbeständigem Papier (hergestellt aus chlorfrei gebleichtem Zellstoff) | Printed in Germany |
ISBN 978 3 406 72798 6

Rolf B. und allen anderen Tunnelbauern
gewidmet

I

Fritz Bergundthal, 06:00

Fritz Bergundthal saß auf der Toilette und dachte diese drei Zahlen: 199, 19, 8. Er dachte oft an Zahlen, nicht immer an dieselben, aber manche Ziffernreihen setzten sich in seinem Gedächtnis fest, verdichteten sich zu einem stummen inneren Singsang, der ihn beruhigte. Auch Buchstaben-Zahlen-Kombinationen mochte er, Ae 6/6 zum Beispiel, Ae 6/6 sogar ganz besonders, als kleiner Junge schon. Er bevorzugte gewisse Ziffern, ob gerade oder ungerade spielte keine Rolle, aber die eckigen waren ihm lieber als die runden, vielleicht weil es weniger von ihnen gab, nur die 1, die 4 und die 7 kamen ohne Bögen und Kurven aus, zeigten sich streng und klar. Dass *Ae 6/6* aus dem Vielerlei so herausragte, lag nicht an den Ziffern, sondern daran, wofür sie standen: eine der schönsten Lokomotiven, die je gebaut worden war, sechs Antriebe, sechs Achsen.

Bergundthal war zufrieden. Bereits der dritte Tag in Folge, an dem er morgens ungestört den Waschraum benutzen konnte, keine unflätigen Geräusche aus den anderen Kabinen, keine derben Gerüche, kein Gurgeln, Schaben, Schnauben. Einfach nur Ruhe. Er hatte die Deckenbeleuchtung nicht angedreht, als er eingetreten war, das Licht der Neonröhren war zu grell, am ersten Tag hatte ihm sein Spiegelbild einen Schrecken versetzt, tiefe Furchen um den Mund, dann diese Blässe, die Hohlwangigkeit, helle Augen hinter randloser Brille, ein Stubenhockergesicht, die schmale Variante. Er hatte darauf geachtet, dass er kurz vor Sonnenaufgang in die Sanitärräume ging, vor 05.53 also, er wusste, er wäre dann der erste, die anderen würden noch schlafen in ihren Wohnwagen, Wohnmobilen und Zelten. Bergundthal stand auf, knöpfte die helle Leinenhose zu und trat aus der Toilettenkabine. Auch an einem Ort wie diesem würde er keine bunte Freizeithose tragen, er war stets sorgsam gekleidet, im Winter trug er Schwarz und Grau, im Sommer Beige und Weiß, Herbst und Frühling gab es nicht, zumindest nicht in seinem Kleiderschrank. Alljährlich musste er zweimal entscheiden, wann er die Sachen aus dem Wandschrank im Gästezimmer mit jenen im Schlafzimmer tauschen sollte, er achtete dabei weder auf das

Datum, noch verfolgte er den Wetterbericht, es waren Kleinigkeiten, durch die er sich zum Saisonwechsel entschloss, Tau auf dem Gras, ein Jugendlicher mit verspiegelter Sonnenbrille, an einen U-Bahn-Eingang gelehnt, Graugänse, die in Formationen über die Stadt zogen.

199, 19, 8. So viele Tote, dachte Bergundthal, während er sich im Dämmer rasierte, das Morgenlicht schimmerte durch trübe Dachkuppeln, in der Ferne hörte er das Rauschen des Flusses, der Brenno führte Hochwasser zu dieser Jahreszeit, eisiges Schmelzwasser tanzte um Geröllbrocken herum, herrliche Klarheit, von Weiden gesäumt. 199 umgekommene Arbeiter waren es beim Eisenbahntunnel gewesen, 19 beim Autotunnel, und bislang 8 auf der aktuellen Baustelle. Natürlich hatte er das alles unzählige Male durchdekliniert, Tote pro Tunnelkilometer, Tote pro Jahr, prozentualer Anteil der Italiener an den Verunfallten, sein Kopf ein einziges Zahlenreservoir. Manchmal kamen ihm auch die Lasttiere in den Sinn, all die Pferde und Maulesel, die während des Eisenbahntunnelbaus verendet waren, an Anämie und Erschöpfung, an Dynamitdampfvergiftung und Quarzstaub in der Lunge, die Kadaver blieben tagelang in dem heißen Loch liegen, ein höllischer Gestank musste tief im Berg drin geherrscht haben, damals, in den Jahren um 1880. Bergundthal hatte ein besonderes Verhältnis zu Pferden, nicht dass er reiten würde, dafür war er zu ängstlich, die Tiere zu groß, doch er war neben einer Rennbahn aufgewachsen, der Trabrennbahn Mariendorf im Süden Berlins, früher war sie berühmt gewesen, heute nur noch vorhanden. Sein Vater und er waren oft daran vorbeigegangen, hatten die Pferde in den Koppeln beobachtet und manchmal hatte der Vater die Geschichte von den brennenden Ställen erzählt, als er selber ein Junge gewesen war, von dem schrillen Wiehern, den Flammen in der Nacht, den flackernden Schattenfiguren an den Häuserwänden, alles musste nach jenem Luftangriff der Alliierten im Frühjahr 1943 lichterloh gebrannt haben, Szenen, die dem kleinen Fritz irgendwann so vertraut waren, als ob er sie selber erlebt und nicht nur erzählt bekommen hätte. Wenn er ein Pferd auf einer Weide sah, ging er stets hin, es war ein Zwang; er strich dem Tier dann über die Nase, fühlte den Schmerz all jener Pferde, die sein Vater hatte schreien hören.

Bergundthal verließ das Waschhaus, er sah, dass in einigen Wohnwagen schon Licht brannte, bei seinem Nachbarn etwa, einem malenden Rentner, der immer von Mittwoch bis Samstag aus einem Dorf am Luganersee hier ins Tal hochkam, der Campingplatz als Lebensort, fern der Frau. Der Mann kopierte holländische und flämische Meister, unter dem Vorzelt hatte er Bergundthal Fotos seiner Werke und ihrer Vorbilder gezeigt, die er in ein Album eingeklebt hatte, links das Original, rechts die Kopie, er interpretierte bemerkenswert frei.

Zurzeit arbeitete er an einer Schwan-Serie, brütende Schwäne im Schilf, Schwäne mit drohend aufgerissenen Schnäbeln, fette Vogelsilhouetten im Abendrot; die fertigen Gemälde deponierte er auf dem Bügelbrett, bei trockenem Wetter stellte er ein paar vor dem Wohnwagen aus. Tagsüber stand er vor der Staffelei, dickbäuchig im Unterhemd, und kopierte ein Jagdstillleben von Pieter Boel, ein Haufen erlegter Tiere, der Schwan rücklings über einen Hasenleichnam drapiert, Flügel weit geöffnet, Füße zum Himmel gereckt. Bergundthal hatte den Namen des Mannes vergessen, Mauro oder Mario, vielleicht auch Marco, so gut er sich Zahlen merken konnte, so schlecht behielt er Namen.

Auf der Waschmaschine unter dem Vordach hockte ein grauer Kater und starrte ihn aus honiggelben Augen an, gedrungener Körperbau, dichtes Haar, ein kräftiges Tier mit gelassenem Naturell. Meist strich es um den Wohnwagen seiner Besitzerin herum, einer hochaufgeschossenen Frau Anfang dreißig, die offenbar auf dem Campingplatz lebte, in dem Wäldchen am Fluss unten, der Kopist hatte anerkennend über sie gesprochen, über Flavia, die Lastwagenfahrerin, *Flavia la camionista*. Bergundthals Italienischkenntnisse waren ordentlich, schließlich war er Lateiner, zudem belegte er seit Jahren einen Sprachkurs an der Volkshochschule am Barbarossaplatz, *Kompetenzstufe C2*. Seine Lehrerin Frau Dr. Mancini, die er mittlerweile Olivia nennen durfte, wies ihn mit nervtötender Regelmäßigkeit darauf hin, dass er die Konsonanten nicht behauchen solle, wenn er nicht wie ein Deutscher klingen wolle, was ihn stets verwirrte, er war sich eigentlich sicher, dass er ohne Hauchen auskam, doch Olivia verbiss sich geradezu in das Thema, es war ein steter Kampf. Nicht aspirieren!, schrie sie manchmal unvermittelt, und augenblicklich fiel er in sich zusammen, ein geknickter Teutone, über den ganz Italien sich lustig machen würde. Niemals allerdings hätte er ihr zu sagen gewagt, dass ihr gelegentlich in einer Art Steigerungswut hingeschleudertes *stocksteifer Deutscher* mehr wie *stoggasteifa Toitscha* klang, quasi auf O-tesoro-mio-Pizzabäcker-Niveau sei, denn: sie war die Lehrerin, er war der Schüler. Hier aber, in diesem Tessiner Tal, wo die Einheimischen untereinander einen Dialekt sprachen, der ihm komplett unverständlich war, fühlte er sich sicher, Olivia Mancinis Klauen entrissen, ein freier Mann in Ausdruck und Geist.

Der Kater sprang von der Maschine und rannte über die Wiese Flavia entgegen, die mit Necessaire in der Hand und Handtuch über der Schulter auf das Waschhaus zukam. Bergundthal zögerte; sollte er auf sie warten, um höflich einen guten Morgen zu wünschen, oder diskret verschwinden? Begegnungen bei den Sanitäranlagen vermittelten ihm eine unbehagliche Intimität, er musste an nackte Körper denken, wimperntuscheverschmierte Wattebäuschchen und gelbkrümelige Ohrenstäbchen, gerötete Hautstellen und das klebrige Schmatzen von Roll-On-Deodorants. Bergundthal mied solche Orte, besuchte weder Saunen noch Schwimmbäder, benutzte kaum je öffentliche Toiletten, Pissoirs schon gar nicht, die Männerbündelei am Urinal war ihm ein Graus, selbst heterosexuelle Männer schienen ein gewisses Wohlbehagen bei dieser Ich-zeig-dir-meinen-Situation zu verspüren, und wenn er an den Moment vor über zwanzig Jahren dachte, als ihm eine Hosenverkäuferin in einem Berliner Jeansladen quer durch den Raum zugebrüllt hatte: ey, biste Linkshänger oder Rechtshänger?, stieg ihm heute noch die Schamesröte ins Gesicht. Es war – und das sagte er sich nun schon seit fünf Tagen – eigentlich ein Wunder, dass er all die zwischenmenschlichen Prüfungen, die sich in der Enge eines Campingplatzes unweigerlich einstellten, bislang so souverän überstanden hatte, das nächtliche Schnarchen des Kopisten nicht etwa mit Widerwillen über sich ergehen ließ, sondern den Gedanken an diesen fleischigen Menschenberg, dessen Bauch sich nebenan rhythmisch auf und ab bewegte, im Gegenteil sogar beruhigend fand.

Flavia stieg die Stufen zum Waschhaus hoch, nickte ihm zu und stellte sich neben ihn, mit Abstand zwar, aber dennoch: neben ihn. Er sah, dass sie rauchte. Sie war hager, ja knochig, breithüftig und groß, größer als er. Dunkle Locken, nachlässig zusammengebunden, unaffektiert nachlässig, anders als jene Städterinnen, die ihre hochgesteckten Haare so gekonnt drapierten, als sei jede herausfallende Strähne aus reinem Zufall dahin geraten, pseudo-romantisch und pseudo-verwegen, schrecklich! Bergundthal hatte wenig Erfahrung mit Frauen für sein Alter, immerhin war er schon fünfzig. Das Erotische hatte ihn nie sonderlich interessiert, in jungen Jahren hatte er zwar an dem Rangeln und Buhlen um Mädchen teilgenommen, hatte sich ihnen genähert und getan, was zu tun war, sogar eine gewisse, wenn auch mechanische Routiniertheit in geschlechtlichen Dingen entwickelt, doch ernsthaft aus dem Gleichgewicht geworfen hatte ihn keine Frau, deswegen dachte er in seinen Dreißigern auch, er könne ganz auf das verzichten, was er *diesen absurden Libidozirkus* nannte. Er war von seinem Entschluss nie wieder abgerückt und bereute es nicht. Sein Beruf als Steuerfachmann erlaubte ihm tiefe Einblicke in unzählige Ehen, scheußliche Einblicke mitunter, er hatte schon schluchzende Frauen vor sich sitzen gehabt, wutentbrannte oder gedemütigte Männer, denen die Finanzen aus den Fugen geraten waren, er hatte wechselseitige Schuldzuweisungen wegen überhöhter Ausgaben gehört, dein Auto!, deine Reitstunden!, deine kleine Sekretärin!, Drohungen und Sticheleien jeglicher Couleur. Bergundthal kannte die Gewohnheiten seiner Klienten mehr, als ihnen lieb sein konnte, manchmal wusste er schon vor dem Ehepartner, dass der andere fremdging. Er erkannte es an den Hotelzimmerrechnungen, den Geschenken, die von der Steuer abgezogen wurden, Geschenke, die nichts mit Hochzeits- oder Geburtstagen zu tun hatten, an fingierten Reisen, an unstimmigen Daten. Zahlen sagten mehr als alles andere. Und er kannte sich mit Zahlen aus, also kannte er sich mit Ehen aus.

Flavia schwieg, er schwieg. Sie blickten über das Gelände, links der Fluss, rechts der Berg, düster und steil, dazwischen der Campingplatz, kaum Zelte unter den Obstbäumen, Motorräder davor, ein Wohnwagen mit holländischem Kennzeichen, zwei mit deutschen, die wenigen Gäste schliefen noch, nur bei den Dauercampern drüben war schon etwas Betrieb. Die Morgensonne fand tastend ihren Weg ins Tal, es würde wieder ein warmer Tag werden. Bergundthal wandte sich schließlich Flavia zu und sagte: «Fritz Bergundthal». Sie sah ihn kurz und prüfend an und antwortete: «Flavia Polli». Dann ließ sie die Zigarette zu Boden fallen und trat sie aus; sie trug Cowboystiefel, braun, spitz, alt. Eine Lastwagenfahrerin, dachte er, wie aufregend, er hatte noch nie eine Lastwagenfahrerin kennengelernt. Was fahren sie denn, wollte er fragen, einen Kleinlaster oder einen Tankwagen oder gar einen Sattelschlepper?; er spielte in Gedanken alle Exemplare durch, die er zu Hause hatte, Nenngröße H0, Maßstab 1:87, den *Chevrolet-Bison*, den *Peterbilt 359 Conventional*, den *Scania* Rundmulden-Sattelzug; Lastwagen als Zubehör für Modelleisenbahner. Er war nicht besonders stolz auf seine Sammlung, Ho war eine ordinäre Größe, die gängigste überhaupt, die meisten Eisenbahner fuhren darauf. Eigentlich mochte er Nenngröße 0 lieber, Spurweite 32 Millimeter, zumal bei den amerikanischen Modellen, doch letzten Endes war er überhaupt kein Sammler, die Stücke hatten sich irgendwie zusammengefunden, von Verwandten und Freunden mitgebracht – der Fritz mag doch Eisenbahnen, schenken wir ihm eine Lok zum Geburtstag –; eine etwas gedankenlose Angewohnheit seines Umfeldes, kaum einer verstand, dass er sich für Modelleisenbahnen im Grunde nicht interessierte, dass es die echten Züge waren, die er liebte, kraftvolle Diesellokomotiven vor allem, amerikanische und schweizerische, konstruiert für die Weiten der Prärie und die Herausforderungen der Alpen. Er fragte Flavia aber nichts, stand nur stumm und ein wenig verschüchtert neben ihr, bis sie sich mit einem freundlichen *buona giornata* verabschiedete und ins Waschhaus verschwand.

Robert Filz, 06:30

«Gopferdammi Filz, chunsch äntli!»
Chume ja, mach doch nöd sones Gschiis, dachte Robert Filz, schob das Sexheftli beiseite und klemmte das Funk-

gerät an seinen Gürtel. Er setzte seinen Helm auf, ging über den Flur, klopfte an die Scheibe der Leitstelle und winkte Tonino und Oberholzer zu; Oberholzer saß auf einem Tisch und trank Kaffee aus ineinander gestapelten Plastikbechern, Tonino starrte auf die Bildschirme und rauchte. Filz öffnete die Tür und stieg die Metalltreppe zu den Gleisen hinunter, ein lauer Nordwind wehte durch die Leventina, die Baustelle lag noch im Schatten des Berges, klaffend steile Felswände, dazwischen Bäume, die sich trotzig gen Himmel reckten. Sein Zug wartete in der Waschanlage, tropfend und frisch gefüllt, sieben Wagen Beton für die Oströhre. An manchen Tagen kletterte er vor der Arbeit auf das Dach des Zementsilos, zehn Stockwerke, immer außen die Feuertreppen hoch, er war jung und flink wie ein Eichhörnchen, so hatten sie ihn früher auch genannt, *dä Hörnli*, was aber mehr an seinen Schneidezähnen lag, die schmal und sehr lang waren. Vom Silodach aus konnte er das Tal überblicken, zwischen den Bergen eine schmale Ebene, darin der Ticino, Baumreihen zu beiden Ufern, die Autobahn nach Süden, der begrünte Mittelstreifen, die Autobahn nach Norden, die künftige Eisenbahnstrecke, kalkweiß, da noch ohne Gleise, die alte Eisenbahnstrecke, ganz in Braun, die Kantonsstraße und dann die Baustelle, neun Schmalspurgleise nebeneinander. Und mittendrin, im Zentrum dieses Bildes: zwei schwarze Löcher, das Südportal des Gotthardbasistunnels, Herzstück seines Lebens. Filz hatte gerne alles im Blick, diese Parallelstränge, die sich wie monochrome Bänder durch das Tal legten, aufgereihte Schnüre in einem Spiel der Farben, jede aus einer anderen Zeit, alle dem Transit geschuldet: Dies hier war ein Durchgangsort und keiner zum Verweilen.

Filz schwang sich in das Führerhaus, Schiebetüren zu beiden Seiten, er schloss sie nicht, Tunnelbauzüge fuhren meist offen, enge Ruckelzüglein, nur hundertsechzig Zentimeter breit. In der Lok war die Enge noch auszuhalten, hier saß man wenigstens allein, besser, als mit einem Dutzend Männer zusammengepfercht hinten im miniaturhaften Personenwagen zu hocken, Knie an Knie, in diesem Lärm, in dieser Hitze, zwei Stunden Fahrt bis ganz nach vorne, manchmal auch drei, wenn auf der Strecke etwas passierte, Funkstörungen, abgefallene Druckluftkessel, entgleiste Züge, heißgelaufene Radlager, Kupplungsbrüche, es war ja dauernd irgendwas, hoffentlich war heute nichts. Er war müde, sie hätten die Tour letzte Nacht auch abkürzen und gleich ins *Alabama* gehen können, was sollte der Unsinn, erst bis nach Giornico hochzufahren und Ewigkeiten in der Bar des *Tourinotte* rumzuhängen, nur weil Paul ein paar Tage zuvor ein Girl vor der Tür hatte stehen sehen, von dem er gedacht hatte, es sei heißer als die anderen, so eine dünne Dunkelhaarige in schwarzen Leggings, die gestern keinerlei Anstalten gemacht hatte, mit Paul nach hinten zu gehen, sie war bei den Tessinern sitzen geblieben und hatte einfach weitergequatscht. Keine der Frauen hatte sich überhaupt für sie interessiert, schon komisch, diese Weiber, da dachte man immer, sie bräuchten Geld, aber so nötig konnten sie es offenbar doch nicht haben. *Hurenbock* nannten ihn die anderen, was er irgendwie unfair fand, wenigstens war er nicht so ein *Heimlifeisser*, der zu Hause seine Alte hatte und tat, als sei er treu. Er mochte die Frauen halt, warum sollte er sich auf eine konzentrieren, wenn er viele haben konnte? Und er musste an den freien Tagen wenigstens nicht nach Hause fahren, nicht von Mailand aus nach Palermo fliegen oder mit dem Auto quer durch Deutschland rasen, alle neun Tage tausend Kilometer hin und fünf Tage später wieder zurück. Zugegeben, das mit der Wäsche war schon praktisch, dreckige Kleider abliefern, saubere in Empfang nehmen, die Frauen mussten zu Hause ganz schön ran, vor allem die Italienerinnen bügelten wie verrückt, die Männer sahen 1A aus, wenn sie zurückkamen, aber das allein rechtfertigte den Aufwand einer Ehe nicht. Er ging nicht einmal mehr in die Deutschschweiz zu Besuch, Brugg und der ganze Kanton Aargau und auch die Konditorei Wehrli konnten ihm gestohlen bleiben, er hatte sich im Tessin eingerichtet, wohnte nicht wie die anderen im Barackendorf, sondern in einer möblierten Einzimmerwohnung, direkt dem *Alabama* gegenüber. Und wenn seine Arbeit hier beendet war, würde er nach Dubai oder Norwegen weiterziehen, gewaltige Tunnelprojekte planten sie dort, natürlich nicht so gewaltig wie hier, 57 Kilometer waren schließlich Weltrekord, aber immerhin unterm Wasser durch, ja, wahrscheinlich ging er nach Norwegen, da waren die Girls sicher lockerer als in Dubai, womöglich aber auch teurer. Er hatte zudem gehört, dass man in Schweden die Puffs verboten hatte, er musste sich dringend erkundigen, ob das in Norwegen ebenfalls so war, ein Puffverbot!, seltsames Land, dieses Schweden.

Filz stellte den Hauptschalter an und legte den Elektroschlüssel auf den Kontaktpunkt, zack, schon klebte er am Magnet fest. Auf fünfzehn Stunden war der Schlüssel programmiert, danach war Schluss und der Zug blieb stehen, aber er wollte ja keine fünfzehn Stunden arbeiten; es war allerdings auch schon vorgekommen, dass er stundenlang in der Röhre hängen geblieben war und verschmorte Bremsschläuche hatte austauschen müssen, er konnte das wenigstens, klein und dünn wie er war, sich unter den Zug legen und reparieren, anders als der fette Eddi, der sich nicht zwischen Gleise und Zug zu quetschen vermochte und neulich mit blockierten Bremsen gefahren war, sicher zehn Kilometer lang, danach waren die Bremsen am Arsch gewesen und Eddi auch, die Blackbox wusste alles, der Werkstattleiter hatte ihn gnadenlos zusammengebrüllt. *Aba woas soil i denn doa, wann i ned unter den Scheißwoagn bass'*, hatte Eddi protestiert, mit seinem oberbayerischen Alpendialekt, den man kaum verstand. Alles wurde auf der Blackbox registriert, dass Filz es war, der die Lok bediente, wie schnell er fuhr, wann er stoppte, nicht mal ein Sekundenschlaf war möglich, jedenfalls nicht für Filz, er war darin nicht so geübt wie ein paar der altgedienten Kollegen, schlafen und gleichzeitig den Sifa-Schalter drücken, die hatten das verinnerlicht, einnicken und trotzdem mit der Handfläche auf den weißen Knopf schlagen, am besten alle zwei Sekunden, tack, tack, tack, stundenlang, tack, tack, tack.

Die Lok vibrierte, der Zug setzte sich in Bewegung, Berg, ich komme, dachte Filz und setzte die Ohrstöpsel ein; er fuhr im Schritttempo, Maschine aufwärmen. Er blickte zur Leitstelle hoch, drei Dutzend aufgebockte und aneinandergeschaltete weiße Container mit umlaufendem Metallgittergang; kein Mensch war hinter den Fenstern zu sehen, Oberholzer las sicher den *Blick* von gestern, Tonino überwachte die Tunnelfahrzeuge von den Bildschirmen aus, der Disponent war in der Kantine frühstücken, ein grässlicher Typ, dieser Österreicher, ein ganz Schmallippiger, humorlos und zynisch, Filz war jedes Mal froh, wenn ein anderer Dienst hatte, er war dem Mann sprachlich einfach nicht gewachsen, wusste oft nicht, war das jetzt ein Witz, ein Befehl oder eine Bösartigkeit? Vor ein paar Monaten, als hier noch dreihundert Leute gleichzeitig herumgewuselt waren, war ein einzelner Idiot nicht so ins Gewicht gefallen wie jetzt, wo nicht mehr so viel los war, nachdem in beiden Röhren der Durchbruch stattgefunden hatte, die Tunnelbohrmaschinen abgebaut und die meisten Mineure abgezogen worden waren, moderne Wanderarbeiter, verstreut in alle Welt. Manchmal war es richtig öde, sogar die ersten Kneipen in den Dörfern rund um die Baustelle hatten dichtgemacht, *da-vendere*-Schilder an den Türen, das Rauchverbot hatte den Gastwirten den Rest gegeben, wer wollte schon trinken gehen, wenn er nicht rauchen durfte, jetzt hockten die Leute zu Hause vor den Fernsehern und langweilten sich zu Tode, ein richtig asoziales Gesetz, dieses *legge antifumo*.

Filz fuhr langsam auf das schwarze Loch zu, das aus der Ferne wie ein sechseckiger kleiner Fleck gewirkt hatte, nun aber groß und größer wurde, bis es ihn plötzlich umwölbte und schließlich verschlang. Eine Nebelwand baute sich vor ihm auf, dicht und grau, die Scheiben beschlugen, er hustete, viel Kondenswasser heute, es würde ein harter Tag werden, einer der besonders schwülen. Manchmal glaubte er, seine Lungenbläschen füllten sich mit Wasser, er stellte sich das dann vor, in jedem Bläschen ein Wassertropfen, Millionen Bläschen, Millionen Tropfen, die Lunge ein einziger wabernder Kondenswasserspeicher, mit Staub vermischt. Es gab Tage, da nahm diese Vorstellung überhand und er sah sich selbst von außen, ein spindeldürres Männchen mit zwei riesigen gefüllten Lungenflügeln, eigentlich war er dann nur noch Lunge oder vielmehr … nun ja … Lunge und Pimpel. Seine Phantasie war überlebensnotwendig, hier, wo es nichts als Berg und Dunkelheit und Rütteln und Hitze gab. Man hatte stundenlang Zeit, sich dieses und jenes vorzustellen, die Gedanken entfernten sich vom realen Leben und schufen ein anderes, wie ein Traum war das, diese übersteigerte Konzentration auf Einzelheiten, die immer gewichtiger wurden. Er wusste, dass es Lokführerkollegen gab, die ununterbrochen darüber nachdachten, was zu Hause gerade passieren könnte, richtig besessen waren die, er hatte schon mehr als einen weinen sehen, der zu viel gegrübelt hatte, über den missratenen Sohn, über die Frau, die plötzlich garstig war, oder war sie das gar nicht?, Eifersucht, die monströs groß werden konnte, und alles nur, weil man zu viel Zeit für düstere Gedanken hatte und keine anderen Eindrücke mehr bekam, nichts als Geratter und grauer Fels. Die anderen konnten über ihn spotten so viel sie wollten, aber er hatte nur Aufregendes im Sinn, der Tunnel war ihm Inspiration genug. Er sah feinadriges Gestein und dachte an den Flaum auf Letitias Nacken, er entdeckte einen klaffenden Felsspalt und spürte Gabrielas Schlitz, tief und warm, und natürlich dachte er an Mônica, wenn besonders runde Gesteinsformationen aus der Wand ragten, üppige Brocken, manche sogar mit Nippeln darauf. Am schönsten waren für Filz jene Tunnelabschnitte, die mit Spritzbeton ausgekleidet waren, grob und uneben, die Querschläge zwischen den beiden Tunnelröhren etwa oder die Multifunktionsstelle Faido, diese kathedralengroße Kaverne, ein Licht- und Schattenspiel bildete sich auf den Oberflächen, alles schien zu leben und sich zu bewegen, überall Schenkel, Hinterteile und Brüste um ihn herum, hundertfach. Zwei besonders eindrückliche Exemplare ragten direkt unter der Skulptur der heiligen Barbara aus dem Fels; warum sah das niemand außer ihm, diese herrlich geformten Brüste! Er hatte immer ein schlechtes Gewissen, wenn er zu der geschnitzten Holzfigur in ihrem beleuchteten Kästchen hochblickte, weil seine Gedanken nicht der Schutzpatronin galten, dem Kultobjekt aller Tunnelbauer, vor allem die Katholiken waren verrückt nach ihr, die Italiener, die Österreicher und die Polen. Aber jetzt war die heilige Barbara ja weg, klammheimlich gestohlen vor zwei Wochen, man hatte eilends einen Ersatz herangeschafft, bevor die Angelegenheit publik wurde und die Fernsehfritzen irgendwas von einem *bösen Omen* zu faseln anfingen. Die Neue war aus Plastik, eine Billig-Barbara.

Der Nebel hatte sich gelichtet, dennoch war es verdammt feucht und heiß, sicher 33 Grad, tiefer drin würde es noch wärmer werden. Filz sah Lichter auf der Strecke, er bremste ab, war schon über Funk gewarnt worden, drei Arbeiter in orangefarbenen Schutzanzügen kontrollierten die Gleise. Er hielt nicht an, keine Zeit für eine Plauderei, die Blackbox thronte drohend über ihm, was für ein Mist, dieses Ding. Kollegen, die schon länger dabei waren, erzählten von den Zeiten vor der Blackbox, ohne diese ständige Kontrolle. Das ist ja totalitär wie im Osten hier, hatte einer aus Duisburg geschimpft, da war aber was los gewesen, der Kollege aus Sachsen-Anhalt hatte dem was gehustet, keine Ahnung von der DDR habt ihr, war damals überhaupt nicht so schlimm gewesen, alles nur West-Propaganda. Filz wusste gar nicht, wie ihm geschah, diese deutschen Politdiskussionen, die hatten etwas Existentielles, da ging es um etwas, *Braunkohlekombinat Bitterfeld* gegen *Ruhrkohle AG*, solche Töne war er aus dem Aargau nicht gewohnt. Er war erst seit zwei Jahren Lokführer, hatte sich umschulen lassen, nachdem es eines morgens um vier Uhr zum Showdown vor der Bäckerei gekommen war; der alte Wehrli hatte ihm neben dem Hauseingang aufgelauert und ihn angebrüllt, halb Brugg musste aufgewacht sein, ein Affengeschrei, nur wegen eines Gerüchts, das nicht einmal stimmte; Filz hatte nichts mit Wehrlis Lehrtochter gehabt, diesem winzigen mageren Geschöpf, das war doch lächerlich. Ein Kunde hatte ihm später an jenem Tag von der Baustelle im Tessin erzählt und gesagt, dass die Ausbildung zum Lokführer nur zwei Wochen dauere, ein wenig technisches Geschick brauche es und natürlich müsse man starke Nerven haben, für Klaustrophobiker sei das nichts, stundenlang in der Tiefe des Berges, auch die Gluthitze müsse man aushalten können, aber so etwas dürfe Filz ja nichts ausmachen, Wärme sei er aus der Backstube schließlich gewöhnt.

Das allerdings war ein Irrtum gewesen. Nichts machte ihm mehr zu schaffen als die Hitze, dreimal war er schon ohnmächtig aus der Lok gefallen, einfach so. Filz, du schlaffer Hund, hatten die Kollegen danach gespottet, wie hast du früher Brötchen geknetet, wenn du den Kopf im Eisfach hattest, etwa mit den Arschbacken? Aber in Wirklichkeit wusste jeder, dass es in der Röhre gnadenlos sein konnte, und manch einer war froh, dass er selber noch nie umgekippt war, gerade an schwülen Sommertagen, wenn sich die Außenluft mit der Bergwärme mischte, im Innersten konnten es bis zu 40 Grad werden, und gekühlt wurde vor allem bei der TBM vorne, aber da musste man schließlich erst einmal hinkommen, zur Tunnelbohrmaschine. Filz hatte diese Arbeit dennoch vom ersten Tag an geliebt, ihm war, als sei er über Nacht zum Mann geworden. Die Schulung verlief ohne Schwierigkeiten, er verstand schnell, wie das Lokfahren funktionierte, und auch mit der Elektronik kam er gut zurecht. Am liebsten stand er im Schacht unter dem Zug in der Werkstatt und schaute den Mechanikern bei den Reparaturarbeiten zu. Manchmal fühlte er sich, als sei er wieder fünfzehn, als er in der Garage seines Cousins an amerikanischen Geländewagen hatte herumschrauben dürfen und davon geträumt hatte, eines Tages in einem *GMC Yukon* die Flüsse Kanadas zu durchqueren. Zudem gefielen ihm der Staub und der Dreck, er mochte den Geruch von nassem Beton und Schlamm, das Klappern der Kiestransporter, das Abhängen vor der Kantine nach Schichtende, die derben Scherze der Kantinenchefin, den Ton unter den Arbeitern, das Durcheinander der Sprachen, die Ausflüge mit seinen Kumpels durch die Bars und Puffs der Leventina. Er gefiel sich selber in seinen klobigen Arbeitsschuhen, dunkelblau und hochgeschnürt; sie gaben ihm das Gefühl, fest auf dem Boden zu stehen und nicht mehr der Knabe zu sein, über den sich alle lustig machten, weil er so kleingewachsen war, so zart. Vor allem aber: nie mehr musste er morgens mausgraue Klon-Hausfrauen namentlich begrüßen, nie mehr quengelnden Kindern warme Nussgipfel reichen, nie mehr geschniegelten Bankangestellten einen Cappuccino mit Kakaopulver zubereiten, bevor sie missmutig zur S-Bahn Richtung Zürich hetzten. Den hasenzahnigen Kleinstadtbäcker Hörnli Filz hatte er gründlich hinter sich gelassen und war Teil eines weltweit einmaligen Mammutprojekts geworden, war jetzt Roberto Filz, 29, Baustellenlokführer im längsten Tunnel der Welt.

Er stoppte den Zug, die Röhre war in grünes Licht getaucht, weiter hinten strahlte hell erleuchtet die Wetterwand, in ein paar Minuten würde sie aufgehen, um ihn durchzulassen, Tonino hatte es schon per Funk gemeldet. Filz wartete, steckte sich eine Zigarette an und dachte an den Jugoslawen, diesen Mirko, ein Serbe oder Kroate, so genau wusste er es auch nicht mehr, auf alle Fälle hatte der die Blackbox manipuliert, hatte den Chip aus seinem Handy mit dem der Blackbox vertauscht, der Partikelfilter war verstopft gewesen und er hätte nur mit sieben Stundenkilometern fahren dürfen, der Gedanke, deshalb vier Stunden zu brauchen statt bloß einer, hatte ihn offenbar derart abgeschreckt, dass er auf diese Schnapsidee gekommen war, ein Handychip! Natürlich merkten die Bauführer den Betrug, der Jugoslawe wurde fristlos entlassen, Filz konnte sich gut erinnern, sogar die hochschwangere Ehefrau kam angereist, um zu flehen und zu bitten, aber man ließ sich nicht erweichen, das Paar fuhr gemeinsam ab, die Frau weinte, Mirko war kleinlaut, niemand wusste, ob er auf einer anderen Schweizer Baustelle unterkommen würde, wohl eher nicht.

Filz blickte zu der Wetterwand, aus der Ferne sah sie wie ein quer in den Tunnel gestelltes glänzendes Fünffrankenstück aus. Die Ventilatoren darin rotierten, gleich würde sie sich für ihn öffnen, er liebte diesen Moment, wenn sich die Luft in Bewegung setzte und er und seine kleine Lok mit dem Luftstrom in die schwarze, feuchte Tiefe gesogen wurden. Er dachte an Mônica, wie sie vor ihm den düsteren Gang im *Alabama* herunterging, betont langsam, um ihm Zeit zu geben für eine ausführliche Betrachtung ihres Hinterns, ach, die wunderbare Mônica, die ihm zuliebe die silbernen Sandaletten anbehielt, weil sie wusste, dass ihn das heiß machte, Stöckel im Bett. Mônica stammte aus São Paulo, sie war älter als die meisten anderen Huren, sicher schon über dreißig, etwas dicker auch, großbusig, so wie Filz es mochte; er verlor sich gerne in ihr. Sie war etwas Besonderes, aber er hatte viele Frauen im Kopf, all die anderen Brasilianerinnen, die das Tal bevölkerten, Schwestern, Cousinen, Freundinnen, in jedem Dorf arbeiteten ein paar, im Hinterzimmer von Marios Pizzeria, im *Tourinotte* natürlich oder im *Albergo Svizzero* in den Kammern über der Garage. Die Hotelgäste merkten gar nicht, was da vor sich ging, sie blieben ja nur für eine Nacht, Skandinavier und Deutsche auf ihrem Weg nach Italien zumeist. Der Wirt verdiente sich mit den Mädchen etwas dazu und die Freier handhabten das diskret, schließlich wollte keiner, dass die Girls aufflogen, vor allem, weil die Polizei mittlerweile aufsässig geworden war, gerade nach der Sache mit den nigerianischen Asylanten in Bodio, die beim Dealen erwischt worden waren. Wirklich unglücklich gelaufen für die Afrikaner, das Thema war in der Zeitung groß aufgezogen worden, *Kokain im Bordell – Kanton Tessin will Asylbewerber ausweisen*, jeder Schwarze im Tal war jetzt ein Dealer.

Die Türen der Wetterwand öffneten sich, die Ampel sprang auf Grün, Filz setzte den Zug in Bewegung, der

Lärm schwoll zu einem orkanartigen Getöse an, der Luftstrom schien den Zug in die Röhre zu saugen, Filz sah weit vorn zwei rote Lichtpunkte, ansonsten Dunkelheit, schnurgerade Schienen, er beschleunigte auf 27 Stundenkilometer, hinter ihm schloss sich langsam die Wetterwand, kein Wind mehr, er war im nächsten Abschnitt, eintausendachthundert Meter Gestein über ihm.

Fritz Bergundthal, 07:30

Grünglotzende Augen, roter Schnabel, der Rumpf ein buntes Federkleid, kräftige Krallen, grob geschnitzt; darunter ein zweites Gesicht, aufgerissener Wulstmund, Zahnstummel, mehr menschliche denn tierische Züge. Dort, wo dem Vogeltier hölzerne Flügel wachsen sollten, ragten die Schneiden einer Doppelaxt aus dem zwei Meter hohen Stamm. Bergundthal strich mit der Hand darüber, scharf geschliffene Stahlblätter, ein Totempfahl mit Labrys; er war beeindruckt.

Er ging einmal um den Campingwagen herum. Welch eigenwillige Welt, die Flavia sich hier geschaffen hatte: der Totempfahl als Stütze für ein Bauplanenvordach, ein Sofa mit Zebramusterüberwurf, ein ordentlich eingeräumtes Schuhregal neben der Wagentür, Plastiknäpfe für den Kater, Holzmasken an den umliegenden Bäumen, schmiedeeiserne Laternen, die von den Ästen hingen; ein wenig Afrika, ein wenig Kanada. Bergundthal hatte beobachtet, wie sie in ihrem roten *Innocenti Turbo de Tomaso* weggefahren war, ein bemerkenswert kleines Auto für eine so große Frau und sicher schon fünfundzwanzig Jahre alt. Er kletterte unter Bäumen den Pfad zum Hauptweg hoch, nur ungern wollte er vor dem fremden Wohnwagen gesehen werden, Flavias Domizil lag etwas abgelegen, fast schon am Fluss unten. Bergundthal stieg in seinen Wagen. Mindestens so unpassend wie der von Flavia, dachte er, ein kleiner Pick-up, deutsches Fabrikat, flach, weiß und alles andere als neu; er war höchst erstaunt gewesen, als er ihn an der Mietwagenstation in Empfang genommen hatte, ein lokaler Anbieter, internationale Verleiher gab es hier nicht. Die ersten Kilometer war er sich in dem Gefährt albern vorgekommen, entfremdet gar, wie ein Handwerker *uff Montage*, aber in gebügeltem Baumwollanzug. Mit der Zeit fand er jedoch Gefallen daran, damit über die kurvigen Straßen zu brausen, die langen Schaltwege mochte er, er fuhr hochtouriger als üblich und dachte sogar darüber nach, die Ladefläche zu benutzen, nur wusste er noch nicht, wofür, das Stativ wagte er nicht dort hineinzulegen, man wusste ja nie, was kommen könnte, ein Platzregen vielleicht. Er rollte langsam an dem Holzhaus der Campingplatzbesitzerinnen vorbei, zwei Schwestern und ihre greise Mutter, dazu dieses verwilderte Kind, eine blonde Siebenjährige, die gestern auf ihrem Motorrad um ihn herumgeflitzt war, einem Kindermotorrad, kaum höher als ein Dreirad, aber 50 Kubik, gefolgt von einem Jungen auf einer Miniatur-Harley, einen Wikingerhelm auf dem Kopf; Bergundthal dachte, er sehe nicht recht.

Er hatte mit vielem gerechnet, als er die Reise geplant hatte, aber keinesfalls mit diesem Gestus der Anarchie, der im ganzen Tal vorzuherrschen schien. Die Tage in der Deutschschweiz waren noch ganz normal gewesen, er war am Dienstag letzter Woche um Punkt 16:00 – erfreulicher Fahrplan, dachte er, internationale Züge, die zur vollen Stunde ankamen und auch zur vollen Stunde zurückfuhren – in Zürich Hauptbahnhof angekommen, war in die Trambahn Nr. 11 gestiegen und bis zur Endstation sitzen geblieben, wo Hanspeter ihn schon erwartet hatte. Sie erkannten einander sofort, eine Art Junggesellenverwandtschaft verband sie, beide waren im Übergang zu jenem Alter, in dem man Männer wie sie *Hagestolz* zu nennen begann, wo es am Alleinsein nichts mehr zu hinterfragen gab, fertig eingerichtete Leben, das seelische Mobiliar an Ort und Stelle platziert, zwangsverrückbar einzig durch überraschend hereinbrechende Katastrophen. Hanspeters Leben fand allerdings auf einem anderen Niveau als sein eigenes statt, das begriff Bergundthal schnell. Sie hatten einander über den *Verein Furka-Bergstrecke* kennengelernt, Bergundthal war Mitglied der *Sektion Berlin-Brandenburg*, Hanspeter gehörte zur *Sektion Zürich*, man hatte korrespondiert. Hanspeter hatte seine finanzielle Situation nie erwähnt: das Auto eine geräuschlose Limousine mit elfenbeinfarbenem Interieur, das Wohnhaus an herausragender Lage, freier Blick über den Zürichsee bis zu den Alpen hin, der Garten ein Park mit altem Baumbestand, 45-Millimeter-Schienen zogen sich in sanften Kurven unter Sträuchern und zwischen Granitbänken durch, der Höhepunkt eine Schneise durch das gewaltige Rosenbeet, im Sommer sicher ein herrlicher Anblick, die schnaufende Echtdampfbahn unter rosa Blütenpracht.

Sie saßen am Abend im Wohnzimmer der Villa, Hanspeter zeigte die Langversion des Videos, das er 1990 mit seinem Camcorder in Vietnam gedreht hatte, die Rückführung der 1947 ausgemusterten und nach Tháp Chàm verkauften Furka-Dampflokomotiven, vier Stück insgesamt. Bergundthal kannte viele der Geschichten aus jenen aufregenden asiatischen sechs Wochen, damals hatte er zwar noch nichts von der Aktion gewusst, im Sommer 1990 war er mit der *Deutschen Reichsbahn* kreuz und quer durch die sterbende DDR gefahren und hatte Züge fotografiert, schon vorausahnend, dass die legendär störanfällige rumänische *Baureihe 119* – auch *Karpatenschreck, U-Boot* oder *Ceauşescus Rache* genannt; Bergundthal bevorzugte *U-Boot*, der wunderbar runden Maschinenraumfenster wegen – nach der Wiedervereinigung keine lange Überlebensdauer haben würde, auf jeden Fall nicht mit den Originalmotoren. Der Film war überwältigend, ein Dokument von historischer Dimension, Hanspeter hatte sich zweifelsohne vorher mit Kamera- und Aufnahmetechnik vertraut gemacht. An zwei Stellen war er selber im Bild zu sehen, ein kräftiger junger Mann im blauen Overall, die blonden Haare verschwitzt, glücklich auf dem Schornstein der verrotteten HG3/4 sitzend, sattgrüne Vegetation rundherum, die Lokomotive selber stand auf einem Tieflader. Eine andere Sequenz zeigte ihn inmitten einer Gruppe an der Maschine hantierender vietnamesischer Jünglinge, alle hielten kurz inne und strahlten in die Kamera, Werkzeuge in der Hand und ölverschmiert, hinter ihnen zwei Flaggen am Zug, gelber Stern auf rotem Grund neben weißem Kreuz auf rotem Grund, Männerkumpanei, interkontinental. Bergundthal hätte sich diese Aufnahmen immer wieder anschauen können, er beneidete Hanspeter um dessen Souveränität, niemals wäre er so selbstbewusst durch Vietnam gereist, er hätte sich vor zu vielem gefürchtet, vor behördlicher Willkür, mangelnder Hygiene, vor Krankheiten vor allem. Seine Fahrt durch die DDR war schon aufregend genug gewesen, die Suche nach Übernachtungsmöglichkeiten in der Provinz hatte ihn zermürbt, aber auch euphorisch gestimmt; in einem Alter, in dem andere durch Südamerika trampten, beglückte ihn bereits ein freundliches Gespräch mit einem Wirt in Jena. Er verreiste nur selten, und wenn, dann in sichere Gefilde, er überließ nichts dem Zufall, auch wenn er sich manchmal danach sehnte, sein Leben der eigenen Kontrolle zu entziehen. Die Reise in die Schweiz versprach denn auch einiges an Ungewissheit; als er seinen Kollegen erzählt hatte, er würde im Tessin auf einem Campingplatz übernachten, waren sie in Gelächter ausgebrochen, Fritz, vergiss es, das hältst du keine zwei Stunden aus.

Bergundthal konnte sich nur schlecht entscheiden, was ihn an dem Film am meisten beeindruckte. Wahrscheinlich jene Situation, in der vietnamesische Staatsangestellte den Lastwagenkonvoi mit der aufgeladenen Lok Nr. 1 stoppten, indem sie mit ihren Baumaschinen die Passstraße blockierten; Hanspeter war ein großes Wagnis eingegangen, diesen Moment festzuhalten. Aufwühlend aber auch das Ende, der Frachtschiffhafen von Ho-Chi-Minh-Stadt im blauen Abendlicht, Menschenleere, Windstille, nur die auf rostigen russischen Lastwagen stehenden Lokomotivenskelette waren zu sehen, dahinter hoch aufragend der Bug der besorgniserregend maroden *Friedrich Engels*; so viel technische Schönheit in solch schlechtem Zustand, es war erschütternd. Die Schlussszene schließlich war von geradezu heroischer Größe, Hanspeter hatte zwei Wochen in Ho-Chi-Minh-Stadt ausgeharrt, nur um das Auslaufen am 20. September zu filmen. Die immer kleiner werdende *Friedrich Engels*, die zwei Wochen später auf hoher See die DDR-

Flagge durch jene der Bundesrepublik ersetzen würde, verschwand im milchiggrauen Dämmer, darauf 250 Tonnen Schweizer Dampfbahn auf ihrem Weg zurück in die Alpen.

Bergundthal zeigte sich begeistert. Er und Hanspeter saßen nebeneinander auf einem Sofa der cremefarbenen Siebzigerjahre-Wohnlandschaft, die noch aus der Zeit von Hanspeters Eltern stammen musste, tranken den alten Rotwein, den der Gastgeber aus dem Keller geholt hatte, aßen ein körnig überbackenes Fischfertiggericht, das ganz köstlich schmeckte, und kommentierten das Video; ein gelungener Abend. Frühmorgens wurde Bergundthal dann von einem eigentümlich wischenden Geräusch geweckt, er zog seine Pantoffeln an, schlich zum Ende des Flurs, öffnete die angelehnte Tür zum Hallenbad und sah Hanspeter, im Trainingsanzug und mit aufgesetzten Kopfhörern, wie er auf einem Sportgerät sitzend ruderte, mitten im wasserleeren Becken, um ihn herum eine Berglandschaft mit Kühen und Bauernhöfen, mit Schienen, Ampeln, Viadukten und Tunneln, eine Spur-Z-Anlage, so groß, wie Bergundthal sie in einem Privathaushalt noch nie gesehen hatte. Er schloss leise die Tür und ging duschen. An jenem Morgen verstand er, Hanspeter war ein glücklicher Mensch.

Bergundthal bog aus dem Campingplatzareal auf die Hauptstraße, 12,92 Kilometer waren es das Bleniotal hinunter bis zum Rondell in Biasca, dann noch einmal

11,81 Kilometer die Leventina hoch Richtung Gotthardtunnel, er kannte die Strecke mittlerweile auswendig. Wie jeden Tag würde er im übernächsten Dorf anhalten und in der Bar an der Piazzetta frühstücken, eine Reihe alter Männer würde am Tresen stehen, den ersten *caffè corretto* schon intus, leiser Grappageruch in der Luft. Vielleicht käme auch der achtzigjährige Langbärtige wieder, der ihn gestern mit glänzenden Knopfaugen angeblinzelt hatte, bevor er sich auf seine knallgelbe Rennmaschine gesetzt hatte, helmlos natürlich, und die Passstraße hochgerast war, man hatte das Motorengekreisch zehn Minuten später noch hören können, die alten Männer hatten nur genickt und einer hatte gesagt, *ma è matto quello*, worauf die anderen wieder genickt hatten, *eh si, è matto davvero*. Nach dem Barfrühstück würde er an dem verdreckten Gehege mit den Eseln vorbeifahren, von denen er inzwischen wusste, dass sie zu Salami verarbeitet wurden – der Kopist hatte ihn darüber aufgeklärt, dass Esel staatlich subventioniert würden und es deswegen zu einer regelrechten Eselschwemme im Tessin gekommen sei –, was ihn davon abhielt anzuhalten, er betrachtete sie nur noch aus der Ferne, er wollte sein Herz nicht an die Esel verlieren, zumal er bei seinem ersten und einzigen Besuch zugeschaut hatte, wie der Hengst eine der Stuten innerhalb von zwanzig Minuten dreimal begattet hatte, ein schwerfälliger und brutal anmutender Akt, jedes Mal war er mit einem mürrisch klingenden Stöhnen wieder von ihr abgestiegen, während sie erst platschend Wasser gelassen, sich dann geschüttelt und ihr Fohlen angestupst hatte, das bald schon ein Geschwisterchen kriegen würde, Salamirohstoff, langohrig. Wenn er das Rondell von Biasca passiert hätte, also vom Bleniotal in die Leventina eingebogen wäre, würde er zu seiner Rechten die Baustellenzentrale des Gotthardbasistunnels sehen, aufeinander gestapelte weiße Container, aus denen Arbeiter mit unterschiedlich farbigen Helmen kamen, daneben eingeschossige Holzbaracken, wahrscheinlich die Wohnquartiere, Kieshalden und Lastwagen, riesige gelbe Plastikröhren, die kreuz und quer über das Gelände verliefen und geheimnisvolle Dinge transportierten, er würde die Fahrt drosseln, um einen Blick auf die schmutzigweißen Baustellenzüge werfen zu können, die aussahen, als ob sie den falschen Maßstab hätten, wie Modelleisenbahnen, zu klein für die reale Welt, ganz eckig und von keinerlei aerodynamischen Ansprüchen zu Designwundern verformt wie die heutigen Züge, richtige Lokomotiven eben, dahinter offene Wagen, auf denen Schotter oder große Geräte transportiert wurden, die Bergundthal nicht identifizieren konnte, auch zigarrenförmige Wagen, die wohl mit Beton gefüllt waren, Langstreckenraketen ähnelnd; hier, aus der Entfernung der Kantonsstraße, hätte er sie fast schon in die Hand nehmen, anpusten, mit einem Pinsel entstauben, polieren und dann auf ein anderes

Gleis stellen können, wie damals mit dem Vater, als der im Keller unten an seinem Lebenswerk gebastelt hatte, dem westlichen Teil des *Glacier Express*, eine ganz und gar ungewöhnliche Vorliebe in der Bundesrepublik der 70er-Jahre, alle anderen bauten deutsche Strecken, doch der Vater hatte immer gesagt, man müsse sich den größten Herausforderungen stellen und die lägen im Eisenbahnbereich nun mal in den Alpen. Der Blick auf die Baustelle dauerte jeweils nicht mehr als zwölf Sekunden, Bergundthal würde weiter die Kantonsstraße talaufwärts fahren, durch ein paar Dörfer kommen und sich dann die Haarnadelkurven hochwinden, er würde in den zweiten Gang hinunterschalten und einmal mehr über die unfassbar hohen Betonpfeiler staunen, die neben ihm in die Höhe ragten, darauf die beiden Autobahnspuren, die wie Bänder durch den Himmel zogen, filigrane Ingenieursarbeit, hell leuchtender Beton, die Autofahrer da oben merkten wohl gar nicht, wie weit sie vom Erdboden entfernt waren und dass es hier unten auch ein Leben gab. Er würde wieder die alte Frau sehen, die im Garten ihres Häuschens stand und irgendetwas anstrich, einmal den Zaun, dann die Pergola, ein anderes Mal den Schuppen, Tag für Tag, immer im Bikini, großblumig und bunt und ziemlich knapp; ihr Haus war das auffälligste auf der Strecke, weil es in der engsten aller Kurven stand, jeder fuhr einmal drum herum, sogar die Zugpassagiere konnten es sehen. Er würde ihr zuwinken und sie würde mit ihrem Pinsel in der Hand zurückwinken, direkt über dem Haus würde er parken, seine Sachen auspacken und sein Tagwerk beginnen.

Bergundthal fuhr jetzt auf der geraden Strecke und gab Gas, ein wunderbar sonniger Tag, er öffnete das Fenster und atmete durch, er fühlte sich frei und glücklich und stark. Ein knatterndes Geräusch zog über ihn hinweg, er bremste ab und sah einen Hubschrauber, der über das Tal flog, etwas baumelte an einem Seil. Er musste genau hinschauen, um sicher zu sein, dass er sich nicht irrte. Es war ein Bett, was da hing, genauer gesagt: ein Doppelbett, metallverschnörkelt, mit einer Matratze darauf.

Dora Polli-Müller, 08:20

Da war er ja wieder. Sie hatte schon viele dieser Verrückten hier herumstehen sehen, aber der da war ein ganz besonders Hartnäckiger. Nicht unsympathisch, er winkte ihr immer zu, wenn er an ihr vorbeifuhr, einmal hatte er sogar *Hallo* gerufen, wahrscheinlich ein Deutscher und sicher ein Städter, der eleganten Kleidung nach. Sie beobachtete, wie der Mann seine Tasche vom Beifahrersitz hob, nachdem er den Wagen geparkt hatte, ganz vorsichtig an den Rand war er gerollt, als ob nicht genügend Platz wäre oder er weiß Gott was für einen

Ferrari fahren würde, dabei war es der ausrangierte Pick-up von dem jungen Rossi in Biasca unten, der neuerdings auf Geschäftsmann machte, nur weil er ein paar Autos verlieh. Dora Müller braucht jetzt eine Pause, dachte Dora Polli-Müller, die immer dann auf das Polli verzichtete, wenn Aldo ihr besonders auf die Nerven ging. Heute war so ein Tag, eigentlich hatte er sie schon die ganze letzte Woche geärgert, jedes Jahr im Mai war Aldo unansprechbar, kein Mensch wusste, warum. Sie legte den Pinsel in den Eimer zurück, noch zwei Tage, dann wäre sie fertig mit dem Streichen, heute war die Innenseite des Zaunes dran. Sie hatte einmal gelesen, dass die Griechen ihre Häuser jährlich weißelten, eine schöne Tradition, allerdings wäre das griechische Weiß hier gar nicht geeignet, der Abgasdreck der Autos, die dicht um ihr Haus herumfuhren, und der Staub der Bahn würden die Arbeit in kürzester Zeit wieder zunichtemachen, zudem war Weiß ein Fremdkörper im Tal. Ihr Haus hätte sie auch gar nicht streichen können, das Erdgeschoss war aus groben Steinblöcken gebaut, uralt, sicher dreihundert Jahre, den oberen Stock hatten Aldos Großeltern draufgesetzt, ein dunkler Holzaufbau, der im Laufe der Zeit schief geworden war, ein wenig verrutscht sah er aus, als ob er fliehen wollte, von der steinernen Basis aber festgehalten würde, manchmal erinnerte er sie an ein Barett, das schräg auf einem Männerschädel saß, vorwitzig und keck.

Sie setzte sich auf den Schemel neben der Eingangstür und zündete sich eine Zigarette an. Die hat sich Dora Müller jetzt aber verdient, dachte Dora Polli-Müller und zupfte an ihrem Bikinioberteil, es klemmte oft. Wann sie damit angefangen hatte, über sich in der dritten Person zu denken, wusste sie nicht mehr, vielleicht hatte sie das schon immer getan. Beim Abschlussball der Bezirksschule 1962 auf alle Fälle hatte sie es zum ersten Mal gewagt, mit ihrem Namen laut für sich einzustehen. Der Geografielehrer, gleichzeitig der Schulfotograf, hatte die drei Parallelklassen für das Gruppenfoto auf der Treppe vor dem Eingang drapiert, hatte sie wie Puppen herumgeschoben und nach einem prüfenden Blick durch die Kamera herumkommandiert, *s Dorli* solle weiter nach hinten gehen, das stehe zu dominant im Bild mit seinem auffälligen Kleid. Dora Müller will aber nicht nach hinten!, hatte Dora Polli-Müller empört gerufen, und alle hatten sie entgeistert angestarrt. Gegen diese Verkleinerungsform hatte sie immer angekämpft, dann auch noch diese Versächlichung, die eine Verniedlichung war, *das Dorli, s Dorli*, sie hasste es, sie, die schon mit vierzehn den Körper einer ausgewachsenen Frau besessen hatte, einen drallen und dennoch geschmeidigen Vollweibkörper, nach dem sich alle Männer umdrehten, wie die Lollobrigida hatte sie damals ausgesehen, ja eigentlich war sie der Star in der kleinen Stadt gewesen, sie hatte ihren Namen schon auf Plakaten gedruckt und in den

Schlagzeilen gesehen, *Dora Müller auf Tour, Dora Müller – Hollywoods neuer Darling*, vielleicht würde sie sich in Amerika später Muller oder auch Mueller nennen. Es war dann anders gekommen, aber wenigstens dieses grässliche *Dorli* hatte sie nicht von der Deutschschweiz ins Tessin mitschleppen müssen, niemand nannte sie hier so, sie war von Beginn an Dora gewesen, erst Dora die Köchin, dann Dora die Kantinenchefin.

Sie ging um ihr Haus herum und schaute zu dem Eisenbahnliebhaber hoch. Er hatte sein Stativ ausgepackt und die Kamera darauf montiert, momentan hockte er in einem Klappstuhl aus Stoff und notierte irgendetwas, offenbar hochkonzentriert, ziemlich zusammengekrümmt saß er da, gesund war so eine Haltung aber nicht. Die Stelle war unter Zugbegeisterten berühmt, sie war vor vielen Jahren einmal zu einem von ihnen hingegangen und hatte gefragt, was er da eigentlich treibe, hatte sogar eine frisch gestärkte Bluse angezogen, die mit dem Zitronenfaltermuster, aber er hatte sie nur mit hohlem Blick angeschaut und gesagt: Lokomotiven fotografieren, warum? Am Abend war sie dann noch einmal die Straße hochgegangen und hatte sich genau dorthin gestellt, wo der Mann gesessen hatte, hatte mit beiden Daumen und Zeigefingern ein liegendes Rechteck gebildet, so wie sie es aus dem Fernsehen von den Regisseuren kannte, wenn die eine Kameraeinstellung überprüfen wollten, und hatte gewartet, bis endlich ein Zug aus dem Tunnel gekommen und in der Kurve direkt auf sie zugefahren war, um diesen einen kurzen Moment ging es wohl, da hätte sie den Auslöser drücken müssen, da hätte sie die Lok frontal vor sich und den Tunnelbogen gleichförmig dahinter gehabt, das perfekte Bild. Nachdem sie ein für alle Mal verstanden hatte, worum es den Verrückten eigentlich ging, hatte sie sie nicht mehr beachtet. Der heute aber, der war irgendwie anders, nicht gefährlich oder so, er machte einen ganz harmlosen Eindruck, aber dass einer gleich an fünf Tagen hintereinander hierher kam, war schon nicht normal. Sie beschloss, ihm einen Besuch abzustatten.

Dora Polli-Müller band sich eine Gartenschürze um, sie wusste, hinten würde ein Schlitz offen bleiben, aber das störte sie nicht, der Bikini war ja hübsch geblümt und ihre Haut gebräunt, zudem war sie zu träge, um ins obere Stockwerk zu laufen und sich etwas Richtiges anzuziehen, die Schürze erinnerte schließlich an ein Kittelkleid, oder fast. Und mit den gelben Sandaletten sah sie aus wie richtig angezogen, ein Sonnenschein, so hatten die Männer in der Kantine sie oft genannt, unser Sonnenschein, *il nostro raggio di sole*, Lodovico hatte damit angefangen, ach Vico, wo er wohl abgeblieben war? Sie hatte immer gern im Mittelpunkt gestanden, neidische Kolleginnen hatten sie zwar gewarnt, das werde irgendwann aufhören, mit fünfundvierzig oder im besten Fall mit fünfzig, wenn Frauen auf der Straße nicht mehr wahrgenommen würden, wenn einfach alle über sie hinwegsähen, Hunderte, Tausende, ja Millionen nicht wahrgenommene Frauen überall, eine traurige Vorstellung, aber das hatte Dora Polli-Müller nie auf sich bezogen, dann würde sie eben andere Wege finden, um auf sich aufmerksam zu machen. Als sie aber in jenes Alter gekommen war, merkte sie, dass die Unkereien der Neiderinnen stimmten, es wurde einfach an einem vorbeigeschaut, richtig übersehen konnte man werden; sie fing an, sich bunter zu kleiden, nur ein klein wenig, vielleicht wurde ihre Stimme auch ein bisschen lauter und die Haarfarbe einen Hauch kräftiger, wechselte von Nussbraun zu Mahagonirot mit einem Schuss Bordeaux, ein stolzes Aufbäumen, denn nein, sie würde nicht in die Unscheinbarkeit absinken, sie nicht. Heimlich gestand sie sich ein, dass genau dies der Grund war, warum sie nie aus dem schiefen Haus mitten in der Haarnadelkurve ausgezogen war, obwohl es eigentlich ein Unort war – der Straßenverkehr, die Züge, dann diese Autobahn, die sich über ihr türmte und ihre Schatten über sie warf –, aber dafür konnten alle, die auf der Landstraße vorbeifuhren, sie sehen, wenn sie im Garten stand und werkelte, die Einheimischen grüßten sie, die Tunnelarbeiter hupten und die Fremden staunten sicher nicht schlecht über die gute Figur, die sie sich bewahrt hatte, über die plissierten Röcke und taillierten Blusen, die sie trug. Nur die Horden von Gören, die auf ihren Fahrrädern im Karacho die Straße herunterrasten oder sich keuchend den Berg hochmühten, die mochte sie nicht, immer mal wieder musste sie sich Unverschämtheiten von denen anhören, wenn sie ihre Räder an ihrem Zaun anlehnten, um das schiefe Haus zu begaffen, vor allem die Schulausflügler aus der Deutschschweiz waren dreist, dachten wohl, sie verstünde sie nicht. Sie hatte Kinder nie besonders gemocht, fand sie gar bedrohlich mit ihren bohrenden Fragen, den taktlosen Bemerkungen, dem affigen Kichern, sie vermied größere Gruppen von ihnen, wechselte die Straßenseite, wenn sie einen dieser Hühnerhaufen sah, sie nahm aus den Augenwinkeln wahr, wie sie über sie witzelten, über ihren Gang, die Strümpfe, das Make-up, jedenfalls glaubte sie das. Erstaunlich eigentlich, wie sie ihr eigenes Kind großgezogen hatte, aber Flavia war von klein auf anders gewesen, eine Außenseiterin, ein grobes Mädchen mit wildem Gebaren, ein Naturkind, das allein in die Kastanienwälder stieg und mit allerlei Getier nach Hause zurückkehrte, schwanzlosen Echsen, dreibeinigen Hörnchen, stinkenden Käfern. Später war sie mit Aldos Kumpanen unterwegs gewesen, hatte sich einen Overall zum Geburtstag gewünscht und sich unter Autos gelegt, Mofas frisiert und Kühlschränke repariert. Ab und zu hatte Dora Polli-Müller versucht, ihrer Tochter Dinge beizubringen, die einem Mädchen angemessen waren, wie man aus

Seidentüchern bauchfreie Tops knüpfte oder wie drei Lidschattenfarben aufgetragen wurden, ohne dass die Übergänge sichtbar wurden; Flavia hatte immer brav alles mitgemacht, hatte neben ihr vor dem Badezimmerspiegel gestanden und mit ihren ungelenken Kinderfingern die Farbe über die Augen geschmiert, dabei gegiggelt und sogar zur Spraydose gegriffen, um die toupierten Haare in Form zu halten, doch nachdem sie ihre Schuldigkeit getan und sich bei ihrer Mutter artig bedankt hatte, war sie mit ihren *smokey eyes* und der Turmfrisur nach draußen gestürmt und hatte alles einfach achtlos liegen lassen, den Lipgloss und die Puderquaste, die Wimpernzange und den Kajal mit dem praktischen Schwämmchen.

Dora Polli-Müller zog das Tor hinter sich zu und stöckelte die Straße hoch, die leuchtend blaue Gartenschürze über dem geblümten Bikini geknotet, eine siebenundsechzigjährige Frau auf ihrem Weg zu einer aufregend neuen Begegnung mit einem Touristen, der in einem Campingstuhl am Straßenrand saß. Sie dachte über die richtige Wortwahl nach, um den Fremden anzusprechen, sie wollte nicht aufdringlich sein, aber dennoch liebreizend. «Dora Müller mein Name», sagte sie schließlich, als sie vor ihm stand, und in ihrer Stimme schwang ein stolzes Timbre wegen der gewandten Formulierung mit. «Fritz Bergundthal», antwortete der Mann, ruckelte ein wenig auf dem Stuhl hin und her und streckte ihr die Hand hin, «sehr erfreut».

Aldo Polli, 08:40

Der Helm drückte, seit Tagen drückte ihn der Helm, was seltsam war, seine Ohren waren doch nicht gewachsen und auch nicht sein Schädel, vielleicht lag es an der Wärme oder daran, dass er unrasiert und lange nicht mehr beim Frisör gewesen war, aber wenn das so weiterging, brauchte er einen neuen Helm, schwarz sollte er sein, so wie der alte, und auch matt, dazu ein dunkles Visier, er wollte die Realität gar nicht so genau sehen, das Visier schützte ihn vor der Welt, durch die er fuhr, und letztendlich war es das, was er am meisten tat, Mofa fahren, talaufwärts, talabwärts, immer in Schwarz und mit einem Affenzahn, den Kopf dicht über die Lenkstange gereckt, der Aerodynamik wegen, so kannte man ihn in der Leventina, *il buffone nero*, der schwarze Narr, er wusste, wie sie über ihn redeten.

Aldo trat in die Pedale, zur Unterstützung, damit er nicht so lange im Tunnel bleiben musste. Es war zwar nur ein kurzer Tunnel und auch noch einer, der angenehm roch. Jeder von ihnen hatte seinen eigenen Geruch, Eisenbahntunnel sowieso, dort stieg einem das Metallische in die Nase, aber auch Autotunnel rochen unterschiedlich, mal muffiger, mal feuchter, dann fast schon süßlich und schwer, so wie Aldo sich einen Tropenwald vorstellte; es lag am Gestein und daran, ob die Wände mit Beton ausgespritzt waren oder nicht, rohe

Wände rochen kräftig und gesund, aber nur, wenn sie ohne Pilzbefall waren, und natürlich lag es auch am Verkehrsaufkommen, ob genügend Luft durchgeschoben wurde oder sie in der Tunnelmitte verharrte und in den Nischen hockte, so wie schlechter Atem in einem verwahrlosten Mund.

Aldo griff nach hinten ins Körbchen, ja, alles noch da, er hatte die Plastiktüte fest mit der vierarmigen Gepäckspinne zusammengeschnurrt, die Pakete lagen sicher verstaut zwischen allerlei Krimskrams, den er vorsichtshalber mit sich führte, falls jemand sein Gepäck kontrollieren sollte, was aber in all den Jahren noch nie vorgekommen war. Er fuhr aus dem Tunnel heraus, den Berg hoch, es war nicht mehr weit bis Rodi, die frische Luft umspülte ihn, er war froh, dass er draußen war. Eigentlich hätte er damals wegziehen sollen, weg aus dieser Gegend, irgendwohin ins flache Land, wo er nicht dauernd erinnert worden wäre. Wie Blitzlichter brachen die alten Bilder manchmal über ihn herein, scharf und schmerzend, vielleicht wäre es ihm in der Fremde besser ergangen; sechsunddreißig vertane Jahre. Es hatte auch nichts genützt, dass er auf der neuen Baustelle nicht mehr dabei war, anders als Tonino, der da wieder arbeitete, zwar nicht mehr im Berg drin wie früher, aber immerhin auf der Leitstelle; auch schon ein alter Mann jetzt, der Tonino, dachte Aldo. Flavias knapp gehaltene Erzählungen vom Baustellenalltag reichten aus, um ihn gedanklich zurückzukatapultieren, geradezu wehmütig wurde er dann, zumal sein Tunnel – jawohl, *sein Tunnel!* – noch in Handarbeit gesprengt worden war und nicht gefräst mit diesen Monstern von Tunnelbohrmaschinen, denen sie dann Frauennamen gaben, *Gabi I* und *Gabi II*, so etwas Lächerliches; den Straßentunnel hatte man auf ehrlichere Weise gebaut als diesen Basistunnel für die Hochgeschwindigkeitszüge, den er sowieso nie benutzen würde, wozu auch, er kam eh nicht mehr weg von hier. Aber, Aldo strampelte nun so kräftig mit seinen kurzen, krummen Beinen, dass er sein Herz klopfen spürte – vielleicht platzt es endlich, dachte er und stellte sich vor, wie sich das Blut in seinen Körper ergösse, im Brustraum versickerte und dann weiter unten im Bauch –, den Straßentunnel hatte er nur ein einziges Mal benutzt, im Herbst 1980, wenige Tage nach der Eröffnung, danach hatte er sich geweigert durchzufahren, ohne Erklärung, sich einfach nur beharrlich geweigert und die Passstraße benutzt, wie ein Esel, ein störrischer, sagte Dora immer. Bei Kilometer 11,3 war es gewesen, dass ihn das Grauen überfallen und sich in seinem Herzen festgesetzt hatte, kaum noch atmen konnte er damals, Tonino hätte ihn wahrscheinlich verstanden, aber sonst niemand, bei Kilometer 11,3 erschien ihm alles wieder, aber natürlich konnte er die Stelle nicht genau identifizieren, sah ja alles gleich aus durch die Verschalung, anders als fünf Jahre zuvor, in jener verheerenden Nacht im Mai 1975, als noch nicht einmal der Durchbruch stattgefunden hatte, er ein einfacher Arbeiter auf einer feuchten, dunklen Baustelle gewesen war, in einem rohen Loch im Berg.

Dass es die Angst war, die sich direkt mit seinem Herzen verbündet hatte, ihn von dort aus quälte, ihn mit unregelmäßigen Schlägen traktierte, mit Verzögern, Stolpern, Rasen, merkte er erst Jahre später, als Doras Herz noch schlimmere Sprünge machte, *Kammerflimmern* sagten die Ärzte dazu, und dass sie ihr einen Defibrillator implantieren müssten. Auch Aldo ging zum Arzt, nachdem er seine Frau in ihrer Heimatstadt – Tessiner Chirurgen traue ich nicht – im Krankenhaus besucht und ihr zugeschaut hatte, wie sie trotz all der Schläuche, die an den eigenartigsten Stellen aus ihrem Körper baumelten, die Schwestern herumscheuchte, mit fuchtelnden Armen und diesem gebieterischen Ton, den sie sich immer zulegte, sobald sie Schweizerdeutsch sprach; sie sah putzmunter dabei aus. Der Arzt hörte sich Aldos in stockendem Deutsch vorgetragene Beschwerdenliste in Ruhe an und sagte nach ausführlicher Untersuchung: Alles in Ordnung, das sind nur die Nerven, Sie können sich als *herzgesund* betrachten. Herzgesund, was für ein seltsames Wort. Aldo beging den Fehler, Dora zu erzählen, er dürfe sich als herzgesund betrachten, nicht triumphierend, aber doch mit einem selbstzufriedenen Unterton, mit jenem Hauch der Überlegenheit des Gesunden über die Kranke. Das ließ die jedoch nicht auf sich sitzen und immer, wenn es zum Streit zwischen ihnen kam, weil er nur selten zu Hause war, sie zu wenig beachtete, ihr in ihren kleinen Disputen mit Flavia nicht zur Seite stand, immer dann also warf sie ihm wutentbrannt vor, dass er sie mit seinem Desinteresse *ermorden* wolle, sie, die doch herzkrank sei und nicht herzgesund wie er, dessen Rhythmusstörungen nur eingebildet seien, alles tsychisch, schimpfte sie dann leicht lispelnd, oder auch: *tutto tsichico.*

Das Ortsschild von Rodi hatte er bereits passiert, Aldo warf einen Blick in den Rückspiegel und bog über die Straße hinweg in einen Seitenpfad ein, rasant und in die Kurve gelegt wie ein Rennfahrer, er kannte sogar das englische Wort dafür, *hanging off,* das hatte ihm einmal ein schottischer Reisender erklärt, ein schmalwangiger Lulatsch auf einer zwanzigjährigen *Norton Commando 850*, der direkt vor Aldos Wohnhaus eine Pause eingelegt und den Dora sofort in Beschlag zu nehmen versucht hatte. Der Lulatsch aber hatte lieber Aldo sein Motorrad gezeigt und ihn aufsitzen lassen, ein Motorrad ganz nach Aldos Geschmack, antiquiert und flach, mit einem harten Sattel und viel Chrom; zu gerne wäre er auch so eine Maschine gefahren, aber er wusste, er würde die Prüfung nicht bestehen, diese vielen theoretischen Fragen, was man da alles lesen musste, nein, er war gewissermaßen an sein Mofa genagelt, ein *Sachs Pony 503 GT* mit Zweigang-Handschaltung, aber das war so frisiert, dass es fast wie eine Rennmaschine raste und klang. Staub wirbelte hinter ihm auf, er sah es im Spiegel und freute sich.

Er stoppte vor dem Haus der Brüder Togliani, ein rostrot geschlämmter Bau; oben wohnte der ältere Togliani, unten der jüngere, Aldo klingelte immer beim jüngeren, aber eigenartigerweise stieg stets der ältere die Außentreppe herunter, um dann umständlich und Unverständliches grummelnd die Hauseingangstür des jüngeren zu öffnen. Jedes Mal das lärmende Klappern des Schlüsselbundes, nervenaufreibend war das, immer die Angst, dass die Polizei auf sie aufmerksam werden könnte, aber das schien den älteren Togliani gar nicht zu kümmern, und Aldo selber dachte manchmal, es wäre ihm sogar recht, die Polizei würde ihn schnappen, dann hätte das alles endlich ein Ende, vielleicht wäre ihm wohler im Gefängnis, Buße tuend, wo er es doch schon in der Kirche nicht konnte, denn niemals hätte er sich einem Pfarrer anvertrauen können, kein Pfarrer der Welt hätte sein Geheimnis für sich behalten, korruptes, schwatzhaftes Pack, allesamt. Aldo war dreimal nach Lugano gefahren, um sich das Gefängnis aus der Ferne anzuschauen, *La Stampa* nannten sie es, ein modernes Ungetüm, das zwischen dicht bewaldeten Hügeln thronte wie eine steingewordene dräuende Warnung. Ein Tagesausflug war das jedes Mal gewesen, einer, den er vor

Dora verheimlichen musste, aber sie wusste ja sowieso nicht, wo er sich herumtrieb, die Hundertfrankennoten, die er ihr gelegentlich in die Hand drückte, nahm sie jedes Mal schweigend entgegen, um sie eilends in ihrem Kleiderschrank zu deponieren, hinten, bei den Nachthemden, den bunt gemusterten. Aldo kontrollierte nie nach, ob sie das Geld ausgab oder es hortete. Nur manchmal, wenn sie unten in Biasca einen Rock oder eine glitzernde Halskette gekauft hatte und ihm die Sachen freudestrahlend und ein wenig kokett vorführte, dann wusste er, das war sein Verdienst; er betrachtete sie mit dem Wohlgefallen und Stolz von früher und sah in ihr das, was er einst gesehen hatte: ein munteres, unbeschwertes Mädchen mit ungeheuer viel Energie.

Aldo stieg vom Mofa, bockte es auf, ließ den Motor laufen – sicher war sicher – und ging zum Haus. Den Helm behielt er auf, er behielt den Helm so oft wie möglich auf seit jenem schmachvollen Tag, als er mit zwei blauen Augen das Haus verlassen musste, nach diesem schlimmen Streit mit Dora, den er verursacht hatte, ja das wusste er wohl, doch nie hätte er gedacht, dass seine eigene Frau gegen ihn tätlich werden könnte, geschrien hatte sie und ihn beschimpft, Tassen und Löffel nach ihm geworfen und dann mit diesem Fleischgummihammer auf ihn eingedroschen, der auf der Anrichte gelegen hatte; nur dieses eine Mal war das vorgekommen, danach hatte sie wimmernd und weinend seine Beine umschlungen und um Vergebung gebettelt, doch er hatte seinen Helm genommen, ihn übergestülpt und war davongelaufen, tagelang war er nicht zurückgekehrt, hatte in einem halbverfallenen Grotto in den Bergen übernachtet, nur einmal war er in ein weiter entferntes Dorf hinuntergefahren, um ein wenig einzukaufen, an der Tankstelle, dort wo es ganz und gar unauffällig war, dass ein Mann mit Helm auf dem Kopf an der Kasse stand. Dora hatte niemanden alarmiert, keinem berichtet, dass ihr Mann verschwunden war, aber dennoch glaubte er später in den Gesichtern der Leute einen spöttischen Zug zu sehen, er hörte sie tuscheln und sah sie verstummen, sobald er zu ihnen hinüberblickte. So kam es, dass er den schwarzen Helm nur noch auszog, wenn es unumgänglich war. *Il buffone nero*. Der rasende Mofafahrer. Immer unterwegs. Immer in Eile.

Aldo klingelte beim jüngeren Togliani, das Päckchen in der Hand. Es dauerte einen Moment, dann hörte er oben Schlüssel klimpern. Der ältere Togliani trat vor die Tür.

Tonino (di Torino), 09:00

«Ma che cazzo vuoi!»
Ein Krächzen, ein Rauschen, dann nichts mehr. Tonino klopfte auf das Mikrofon, fluchte weiter, stand auf, griff

hinter den Monitor am Nachbartisch und klaubte eine Zigarette aus dem Päckchen, das Marta letzte Nacht hatte liegen lassen. Ihre nächste Schicht begann um zweiundzwanzig Uhr, wahrscheinlich schlief sie jetzt, die Hunde neben sich auf dem Bett. Tonino zündete die Zigarette an, eine *Mary Long*, filterlos; Marta war hart im Nehmen. Er hustete. Oberholzer winkte durch die Glastür und rief: «Ich dachte, du rauchst nicht mehr?» «Eh be, ci sono problemi», sagte Tonino, als ob Probleme das Rauchen rechtfertigen würden. Er starrte auf den flimmernden Schwarz-Weiß-Bildschirm, der Betonzug stand still, das Signal war längst umgeschaltet, warum fuhr der Idiot denn nicht los? Tonino versuchte es noch einmal. «Filz», rief er, «che fai?» Nichts passierte. Dann sah er endlich, wie der Zug sich in Bewegung setzte. «Tutto a posto», hörte er Filz krächzen, und dann: «scho guet, s'isch alles guet.»

Tonino wusste, wie verflucht heiß es da unten jetzt war, er war selber lange genug Mineur gewesen, in seinem letzten Leben. Sein Leben ließ sich sowieso in Abschnitte unterteilen: mit Suff und ohne Suff; im Tunnel, außerhalb des Tunnels; mit Frau 1, ohne Frau, mit Frau 2. Frau 1 hatte mit dem Leben mit dem Suff zu tun, Frau 2 mit jenem ohne. Die Zeit ohne Frau, die Zwischenzone also, kam ihm am kürzesten vor, obwohl es die längste war, vierzehn Jahre. Was das zu bedeuten hatte, wusste er nicht. Manchmal dachte er über jene

Jahre nach, in denen er sich vom Trinker zum Abstinenzler entwickelt hatte. Es war ein schleichender Prozess gewesen, er selber hatte diese innere Wandlung gar nicht bemerkt, nur das diffuse Gefühl gehabt, dass die dauernde Benebelung nicht nur etwas überdeckte – was, das wusste er nur zu gut –, sondern dass sie ihn auch lähmte, ihn in einer Bahn hielt, auf der er sich perfekt zu bewegen vermochte, aber keinen Schritt darüber hinaus. Seine Kumpane hatten die ersten Tage gar nichts gesagt, als er von Bier und Schnaps auf Orangina und Most umgestiegen war, keine spöttischen Kommentare, sie taten einfach, als ob sie es nicht bemerkten, wahrscheinlich, so dachte er sich, um eine Alkoholdiskussion gar nicht erst aufkommen zu lassen, sie wussten ja alle selber, dass sie zu viel tranken, vor allem die Österreicher, das waren die schlimmsten. Immer mal wieder versuchte einer aufzuhören, meist, weil die Frau Druck machte, und immer landete er nach ein paar Wochen wieder am Tresen, erst ein Panaché vor sich, dann den Rotwein, später den Schnaps. Im Tessin nüchtern zu bleiben, war nahezu unmöglich, insofern konnte er stolz auf sich sein. Hier trank jeder, nicht so wie bei ihm zu Hause in Turin. Wahrscheinlich hätte er in Italien gar nicht mit der Trinkerei angefangen, sagte er sich. Und das mit dem Rauchen würde er auch noch schaffen, obwohl er mit vierundsechzig eigentlich zu alt zum Aufhören war; um seine Lunge war es längst geschehen, die

Tunneljahre hatten sie ruiniert. Tropenjahre zählen doppelt, hatte ihm einmal ein holländischer Lastwagenfahrer gesagt, der in Suriname gelebt hatte. Tunneljahre auch, hatte Tonino geantwortet, Tunneljahre auch. Dann hatten sie einträchtig ein Bier zusammen getrunken.

Toninos Handy vibrierte in seiner Hosentasche, die *Giovinezza* erklang, ein wenig verfremdet, die echte Hymne war in Italien verboten, unbegreiflich eigentlich. Gewisse Dinge hatten sich in seinem Leben nie verändert, die Liebe zur *Giovinezza* gehörte dazu. Damit war er aufgewachsen, die hatte sein Großvater gesungen und auch sein Vater, überhaupt hatte seine Familie dem Duce immer nahegestanden. Die Leidenschaft für die Bewegung hatte im Laufe der Jahre aber nachgelassen. Als er noch jung und kräftig gewesen war, mit ungezähmten Koteletten, dichtem Haar und federndem Schritt, an seiner Seite die hochgewachsene Simonetta, hatte er mit Eifer über die glorreichen Zeiten referiert, über die modernen Ideen Mussolinis, die man zu Fall gebracht hatte, bevor sie vollendet werden konnten, über die futuristische Baukunst, über die Kraft der Arbeiter, die Eleganz der Uniformen, die Schönheit des Gleichklangs, über ein Italien, das sich bis weit über die Ränder des Mittelmeers hin ausdehnen sollte, so wie einst das Römische Reich. Aber nicht nur die Leidenschaft für die Bewegung hatte nachgelassen, eigentlich hatte jede Leidenschaft nachgelassen. Das war eine Folge des

Nichttrinkens; Nüchternheit als Gefühlsmäßigung. Er war zahm geworden, das merkte er selbst. Die Glut, die Wut, die Raserei in Diskussionen, alles hatte sich gelegt. Nicht nur dass er im Laufe der Zeit zehn Zentimeter geschrumpft war, auch sein Auftreten war geschrumpft. Irgendwie war er jetzt nur noch ein kleiner Mann, ein bedürftiger dazu; seine Ehe mit Luciana war ungleichgewichtig, das stand außer Frage. Er war wenige Wochen nach seinem letzten Schluck Bier bei einem Treffen mit Freunden versehentlich in ihren auch schon gealterten Schoß geplumpst und hatte sich darin eingerollt wie ein Hündchen, das aus der Wurfkiste vertrieben worden war und Anschluss an die nächstbeste wärmende Person suchte; gut dreizehn Jahre war das her.

Er schaute auf sein Handydisplay, es war Luciana, die anrief. Tonino steckte das Gerät in seine Hosentasche zurück, ein wenig Autonomie. Er blickte auf die großen Bildschirme und regulierte die Lichtsignale für die Züge, eine Arbeit, die ihm mittlerweile leicht fiel, auch wenn sie höchste Konzentration abverlangte. Als er sich für den Basistunnel als Leitstellenmitarbeiter hatte ausbilden lassen, weil er nicht mehr die Kraft für Mineursarbeiten hatte, war ihm anfangs ob all der Pfeile, Striche und Farben auf den drei nebeneinanderstehenden Bildschirmen ganz schummerig gewesen. Tunneleinfahrten, Tunnelausfahrten, Querschläge, Durchgänge, Lichtregelungen, Weichenstellungen, Schleusen, Wettertüren, Betonzüge, Lastenzüge, Personenzüge, alles war abstrakt dargestellt und musste im Sekundentakt geregelt werden. Falls einer bei Rot durchfuhr, musste Alarm ausgelöst werden; Unfälle auf der Baustelle waren verheerend, er war nur froh, dass er an den acht Todesfällen, die es bislang gegeben hatte, keine Schuld trug. Als er noch Mineur gewesen war, hatte ihn diese ganze Organisation und Logistik nicht interessiert, er hatte sich in den zwergenhaften Personenzug gesetzt und zur Tunnelbrust rütteln lassen, Mann neben Mann, hatte gesprengt und geschleppt, gefräst und verladen, er war einer von den ganz harten Kerlen gewesen, immer dreckig, immer vorne dabei, im Gotthardtunnel als blutjunger Bengel, im Kerenzerbergtunnel, im Bözbergtunnel, so wie einige der anderen Männer auch. Man hatte sich im Glarnerland wiedergetroffen, dann im Aargau, und zuletzt im Tessin. Da war allerdings kaum noch einer von früher dabei, auf alle Fälle nicht während der zwanzig Jahre, die der Bau dauerte. Es war ein einziges Kommen und Gehen, die Jungen hatten kein Stehvermögen, und Aldo arbeitete längst nicht mehr, zu alt, zu krank, zu sonderbar; die Dinge, die man so über ihn hörte, waren schauderhaft. Tonino versuchte den Gedanken an Aldo wegzuwischen, was ihm schwerfiel, denn es war schließlich der 15. Mai – ein schlechtes Datum. Die 15 verfolgte ihn schon den ganzen Morgen, er sah sie auf seiner Armbanduhr, dem Handy, in der dickwanstigen Trinkgeld-

Gummipuppe neben der Kantinenkasse, auf dem Computerbildschirm, dem Pin-up-Kalender hinter dem Waschbecken; an den unterschiedlichsten Stellen tauchte dieser verfluchte 15. Mai auf. Er hasste die 15 und die 5. Und er hasste seinen alten Freund Aldo.

Flavia Polli, 09:10

Der Hubschrauber dröhnte über Flavia hinweg. Sie schloss die Ladeklappe des Lastwagens und blickte hoch. Es war nicht die Rettungsflugwacht, sondern ein Transporthubschrauber, Stühle hingen am Seil, in ein Netz verpackt. Duttwylers Umzug, dachte sie. Die ganze Familie Duttwyler wanderte nach Norwegen aus. Oder war es Finnland? Auf jeden Fall an einen Fjord. Die Esel hatten sie schon vor einem Monat hinbringen lassen. Ob Esel den Norden mochten? Flavia war nie bei Duttwylers zu Hause gewesen, aber sie hatte viel über ihre Hütte gehört. Man musste eine Stunde auf einem Pfad den Berg hochkraxeln, um zu dem Haus zu gelangen. Dort lebten sie seit Jahren, die Eltern, die beiden halbwüchsigen Kinder und jede Menge Tiere; vor allem der Junge war talbekannt, immer in Schwarz gekleidet und mit seltsam fluoreszierenden Augen, farbige Kontaktlinsen, hieß es, geradezu außerirdisch sah er aus, ein Grufti auf einer Alp. Von dem Mädchen wusste sie nur, dass es einen

Hahn als Haustier hielt. *Güggel*, rufe es immer, wenn es die letzten Meter den Berg hocheile, *Güggel!* Und der Hahn renne dann krähend auf das Kind zu, mit weit ausgebreiteten Flügeln. Der Duttwyler'sche Hund wiederum trage frisch geschlüpfte Küken in seinen Korb und schlafe friedlich an ihrer Seite, derweil die Henne die Kleinen suche. Flavia merkte sich jede Tiergeschichte. Menschen, die kein Verständnis für Tiere hatten, waren ihr zuwider.

Sie kletterte in die Fahrerkabine, schloss die Tür, kurbelte die Scheibe hinunter, startete den Motor und fuhr los. Hinter der Schlammanlage stand Oberholzer, Flavia hupte und winkte ihm zu. Oberholzer hob weder den Arm, noch nickte er. Meine Güte, was war denn mit dem los? Was tat er überhaupt bei der Schlammanlage? «Holzer», rief sie und stoppte. Er lächelte sie an, etwas verzagt, wie ihr schien. Was für ein höflicher, anständiger Mann, dachte Flavia. Die grauen Haare wie immer akkurat nach hinten gekämmt, eine Brille mit Metallgestell auf der langen Nase. Dass er so braungebrannt war, passte eigentlich nicht zu ihm, man stellte ihn sich blass vor, ein wenig lehrerhaft wirkte er, hager und schlau. *Oberlehrer* nannten sie ihn hier auch, obwohl er gar nicht rechthaberisch war. Flavia sagte nur *Holzer* zu ihm, weil er ein so scharf geschnittenes Gesicht hatte und überhaupt so ausgedörrt aussah, ähnlich der kanadischen Totemfiguren bei ihr zu Hause im Wohnwagen.

«TBM-Schrott», sagte er und deutete auf die Ladefläche. «Ja, muss nach Faido hoch», antwortete Flavia. Jede Menge *Gabi II* lag hinten auf ihrem Lastwagen, in Einzelteile zerlegt. «Ein Trauerspiel», sagte Oberholzer, «das hat sie nicht verdient.» «Wann ist dein letzter Tag?», fragte Flavia. «Noch zwei Wochen», antwortete er, «dann ist Schluss.» «Holzer, mi mancherai», sagte Flavia, legte den Gang ein und fuhr weiter.

Beim Schrankenhäuschen grüßte sie Sandrina, eine Endvierzigerin, über die sie entschieden zu viel wusste; dass sie sich das blondierte Schamhaar in doppelter Streifenform rasierte zum Beispiel, oder dass die Männer Witze über ihre enganliegenden Jeans machten, *Taubstummenhose* nannten sie die, *da chasch vo de Lippe abläse*. Machte die Beine für jeden breit, der das wollte, und es wollten viele, die meisten aber nur ein- oder zweimal, denn danach wurde Sandrina aufsässig und besitzergreifend. Es war schon eigenartig, dass sie dieser Männerverschleiß bei Sandrina störte und bei Mônica nicht, obwohl Mônica doch eine Professionelle war und Sandrina es offenbar nur zum Spaß tat, vielleicht auch aus Verzweiflung, wer wusste das schon. Aber auch Verzweiflung kannte ihre Grenzen, dachte Flavia und bog in die Kantonsstraße Richtung Norden ein.

Sie mochte es, außerhalb des Baustellengeländes zu fahren, nicht auf dem unebenen Sandboden rumzuruckeln, sondern richtig Gas zu geben, die Reifen auf dem Asphalt dröhnen zu hören, dies dumpfe Brummen. Es wäre schön, wenn Mônica jetzt vor dem *Alabama* säße, dann könnte sie anhalten und ein paar Worte mit ihr reden; Mônicas Humor gefiel ihr, wie überhaupt die ganze Frau ihr gefiel, dazu dieser herrliche brasilianische Akzent, der Flavia stets gute Laune bescherte. Sie selber redete wenig, aber lachte oft und meist zu laut. Mitreißend sei ihr Lachen, hieß es immer wieder, auch wenn sie am ungezügeltsten lachte, wenn irgendjemandem ein Missgeschick widerfahren war; sie wusste, das war kein edler Zug, aber es geschah unwillkürlich, sie prustete dann so ungeniert, dass man es ihr nur selten übel nahm. Dora hatte schon früh versucht, ihr diese Ausbrüche abzugewöhnen, hatte mit eisernem Muttergriff ihre Hand in der Luft umfasst, wenn Flavia im Begriff war, sich damit auf den Schenkel zu klopfen; es gehörte für sie zusammen, lachen und sich dabei aufs Bein klatschen, mehrere Male hintereinander, mit flacher Hand. Für ihre Mutter war das ein Unding, eine Verirrung, dem Geschlecht nicht angemessen. Bald war sie ihrer Mutter über den Kopf gewachsen, hatte sich zu der großen, knochigen Frau entwickelt, die sie heute war, und sich von Dora kaum noch etwas sagen lassen, obwohl es nie zu einem ernsthaften Streit gekommen war, die Welten der beiden hatten sich ohne Aufsehens getrennt, es war ein stetes Auseinanderdriften gewesen, weg von der mütterlichen Weiblichkeit mit ihren vorhersehbaren

Interessen und Begehrlichkeiten, die Flavia so gar nichts bedeuteten, hin zu einer maskulineren Sphäre, zu einer roheren auch, einer ehrlicheren und direkteren, wie sie fand. Dass sie so hoch aufgeschossen war, hatte immer wieder Anlass zu Gerüchten gegeben, Gerüchte, die Flavia nicht unsinnig erschienen, nach allem, was sie über das Gebaren ihrer Mutter in den Siebzigerjahren vernommen hatte, Männer hier, Männer da, die Baustellenkantine als Dora-Müller-Laufsteg. Schon als Neunjährige hatte sie Aldo heimlich genau gemustert und festgestellt, dass sie ihm nicht im Geringsten ähnelte, sie hatte sich allerlei passende Väter vorgestellt, wie Kinder das eben tun, auch die Säuglingsverwechslung hatte sie gedanklich durchgespielt, doch als sie erkennen musste, dass andere kleine Mädchen sich den gleichen Phantasien ergaben, hatte sie diese Theorie ad acta gelegt und sich wieder ganz auf das Vaterproblem konzentriert; der Mutter konnte sie nicht entrinnen, so viel war klar. Dass Aldo Jahre später in einem Streitgespräch mit Kumpels gesagt hatte, Gene interessierten ihn nicht, hatte sie mit höchstem Interesse wahrgenommen, es hatte einen sekundenschnellen Blickwechsel zwischen ihnen beiden gegeben, der ihr ganz außerordentlich und verschwörerisch erschienen war, ihr, der Fünfzehnjährigen. Sie schätzte Aldo seit jenem Tag mehr denn je. Gene, erklärte sie nun stets, interessierten sie nicht.

Mônica saß nicht vor dem *Alabama*, die weißen Plastikstühle standen unordentlich um die Tische herum, wohl noch von letzter Nacht. Es war überhaupt niemand zu sehen, auch keine fremden Autos, zu früh für die Männer, obwohl manche vor der Arbeit in den Puff gingen, Geilheit kannte keine Zeitvorgaben, vor allem hier nicht, mit all den Schichtarbeitern. Flavia sah das rosafarbene Haus im Rückspiegel, ein zweigeschossiger Bau in L-Form, der sich von der Straße her in die Tiefe zog, Zimmer reihte sich an Zimmer, nicht in jedem arbeiteten Frauen, manche wurden von afrikanischen Immigranten bewohnt, die in diesem Haus am Dorfrand gestrandet waren, teils legal, teils illegal, in anderen stapelte sich Mobiliar und Matratzen, man sah es sogar von außen.

Stünde Mônica nicht unter Hendriks Fittichen, Flavia hätte sich ernsthaft um sie bemüht. Hendrik war nicht der Besitzer des *Alabamas*, nur der Pächter. Er war früher Schienenleger gewesen, ein glatzköpfiger Vorarlberger mit brachialem Aussehen und halbwegs sanftem Gemüt – in nüchternem Zustand. Hendrik betrunken zu erleben, war allerdings äußerst unangenehm, er wurde nicht nur ausfallend, sondern traf zielgenau die Schwachstellen seines Gegenübers, als ob ihm der Alkohol ein Sensor sei für alles Feinstoffliche, für versteckte Regungen und sorgfältig gehütete Geheimnisse. Flavia nahm sich sehr in Acht vor ihm. Männer, die Flavias Sympathie für ihre Partnerinnen wahrnahmen, fanden das anfangs oft sexy, es setzte ihre Phantasiemaschinerie in Gang, zu dritt!, zu dritt!, doch bald schon schlug diese erregte Neugier in Aggression um, in Angst, dass ihnen die Situation entgleiten könnte, zumal wenn die Frau den leisesten Anflug von Geneigtheit zeigte, dann hieß es schon bald: *ti scopo, fica* oder, schlimmer noch: *ti faccio vedere io come si scopa, lesbica di merda*. So etwas von Hendrik hören zu müssen, vermied Flavia. So saß sie neben Mônica und versuchte ihr nicht in den Ausschnitt zu schielen, den tiefen Spalt zwischen ihren Brüsten nicht zu beachten, diese außerordentlichen Brüste, groß und schwer, von denen die Männer auf der Baustelle immer wieder sprachen, Filz vor allem, der konnte sich in der Schilderung richtig ergehen, wie er sie mit den Händen umschmeichelte, um sie dann sanft anzuheben, später mit den Daumen auf den Nippeln kreisend, dann mit der Zunge; eine Qual für Flavia, dieses Gerede, aber nicht nur für sie, auch Oberholzer wandte sich stets verschämt ab, wenn Filz damit anfing, und das tat der oft. Wenigstens hielt er sich mit Kommentaren über den Akt an sich zurück, die Bilder, die er damit bei den anderen provoziert hätte, wären zu lächerlich gewesen, dieses dünne Menschlein, eifrig in solch ein prachtvolles Weib stoßend, kurz davor, verschlungen zu werden, eingesogen von diesem Urgewaltleib, dem lateinamerikanischen.

Flavia schaltete vor der Kurve in einen tieferen Gang, die Berge standen groß und steil vor ihr, in dunklem

Grün, nirgends waren Berge so dunkelgrün wie hier, die Autobahn weit über ihr zu ihrer Linken, auf hohen Stelzen das Tal durchziehend, keine Spur von lieblicher Bergwelt mit Seen, Bächen oder sanften Kuhweiden. Manchmal kam sie sich angesichts dieser kolossalen Topografie mickrig und elend vor, meist, wenn sie zu Fuß ging, dann konnte einen die Szenerie regelrecht erschlagen, nicht aber, wenn sie den Lastwagen steuerte, der schien ihr ein kraftstrotzendes und trotziges Symbol all dessen zu sein, was die Menschen der Natur während der letzten Jahrhunderte entgegengesetzt hatten: Passstraßen, Brücken, Elektrizitätswerke, Tunnel. Sie schaltete nach der Kurve wieder hoch, beschleunigte auf dem geraden Stück, bevor sich die Haarnadelkurve vor ihr auftat, die auf das Haus ihrer Eltern zuführte und es geradezu umschlang; jedes Mal rührte sie der Anblick des Häuschens, das so schief und allein dastand, so ganz und gar unpassend an diesem Ort, der einzig dazu taugte, die Steigung zu überwinden, aber sicher nicht zum Wohnen. Das Gartentor stand offen, die Haustür auch, Flavia hatte keine Zeit anzuhalten, sie fuhr um das Haus ihrer Kindheit herum und in die nächste Kurve hinein, wollte gerade Gas geben, als sie Dora Polli-Müllers dunkelroten Lockenkopf von hinten sah.

Was um alles in der Welt tat ihre Mutter da? Saß in ihren obszön gelben Stöckelschuhen und der grässlichen, über den offenbar halbnackten Leib gestülpten blauen

Gartenschürze in einem wackeligen Campingstuhl am Straßenrand, einen Notizblock auf dem Schoß, und redete auf diesen Ausländer ein, der heute früh verlegen vor dem Waschhaus gestanden hatte, und jetzt hinter einem niedrig gestellten Stativ auf dem Boden kauerte und durch seine Kamera schaute. Flavia lenkte den Lastwagen zur Seite, stellte den Motor ab und die Warnblinkanlage an. Dann stieg sie aus.

Robert Filz, 09:40

Wie konnte so etwas geschehen? Betonverzögerer in falscher Menge beigemischt, da hatte der Bauführer einen schönen Schwachsinn zu verantworten, der Beton wollte nicht trocknen, jetzt stand alles still hier unten, nichts ging mehr, das hätten die doch früher merken können. Filz war entnervt. Zudem war er schweißnass. Er hing direkt neben der Einmündung des Umgehungsstollens in den Haupttunnel fest, er bildete sich sogar ein, dass er die giftige Luft riechen konnte, die darin moderte, *Pilzloch* nannte er den 1300 Meter langen Tunnel und mied ihn, so gut er konnte. Dass Frankie da einfach so ungeniert reinspazierte, wunderte ihn immer wieder, vor allem, seit man wusste, dass der Tunnel die Brutstätte für irgendetwas Widerliches war, das die Legionärskrankheit verursachte; Filz hatte vergessen, ob es ein Pilz war oder eine Amöbe oder sonst etwas, er konnte all diese Kleinstlebewesen sowieso nicht unterscheiden und eigentlich war es auch egal, auf alle Fälle stank es wie Hölle da drin und die grob gesprengten Felswände sahen zum Fürchten aus, überwuchert von schwarzgelblichen Schimmelwolken, einfach scheußlich. Ziemliche Aufregung hatte geherrscht, als die ersten Lungenentzündungsfälle unter den Bauarbeitern aufgetreten waren, ein ganzer Stab von Kantonsärzten war durch den Tunnel gewandert, alle in weiße Schutzanzüge gehüllt, wie Astronauten oder wie Agenten vom FBI hatten die ausgesehen. Später hatten sie Entwarnung gegeben, aber Filz traute weder ihnen noch der Luft im Tunnel und er linste Frankie oft von der Seite an, ob der wirklich gesund war, doch Frankie war ein Schrank von einem Mann, den haute nichts um, wie Filz neidisch bemerkte, das war sein persönliches Manko, diese körperliche Zartheit, die manche Frauen dann niedlich fanden: *Än härzige isch er dä Filz, gäll? – Ja, schampar härzig.*

Er stieg aus der Lok. Er würde ein paar Schritte auf den Gleisen gehen, diese Scheißwarterei in der Scheißhitze machte ihn ganz nervös. Das schwache grüne Licht, in das der Tunnel getaucht war, schien ihm heute grüner als sonst, ein Wetterleuchtengrün oder ein Außerirdischgrün, psychedelisch irgendwie; Filz kam sich bekifft vor. Schwankte er etwa? Das musste an der Schwüle liegen. Oder doch am Pilztunnel? Stieg diese warme, feuchte Bazillenluft in seine Lungen, um sie zuzukleistern oder gar aufzufressen? Filz spürte Panik in sich aufsteigen, konzentrier dich, dachte er, balancier auf den Schienen, wie ein Kind oder ein Seiltänzer, Schritt für Schritt, die Arme zu beiden Seiten ausgebreitet. Er war doch kein Hypochonder, nur weil er Angst vor den Viechern im Pilztunnel hatte, darin lauerte schließlich eine reale Gefahr. Legionärskrankheit, das klang bedrohlich, nach afrikanischem Dschungel und Fremdenlegionären, nach dahinsiechenden Missionaren und Forschern in Tropenhüten, auch wenn er mittlerweile wusste, dass der Name gar nicht so alt war, sondern irgendwas mit US-Kriegsveteranen zu tun hatte, die sich in einem amerikanischen Hotel angesteckt hatten, durch die Klimaanlage oder so, es hatten allerlei Geschichten kursiert, nachdem die Kantonsärzte in ihren Schutzanzügen über die Baustelle gestiefelt waren.

Diese Wärme! Filz war schwindelig, er bückte sich, zog die klobigen Schnürschuhe aus und stellte sie hintereinander auf eine Schiene, das sah lustig aus. Dann tänzelte er auf Socken weiter, Fuß um Fuß, er musste aufpassen, dass er nicht ausrutschte. Denk an Mônica, an ihren Hintern, an diese sanfte Senke neben ihren Beckenknochen, so zart die Haut, konzentrier dich, nicht straucheln, achte auf die Gleise, geh weiter, weg vom Pilztunnel, schau auf das Licht da hinten, denk an

Mônica, erinnere dich bloß nicht an Stefania, nicht an diesen kläglichen Moment, nicht an den ellenlangen Gang, fast so lang wie ein Tunnel, dazu noch trostlos, man darf keine langen Gänge bauen in einem Bordell, da geht unterwegs die Lust verloren, Stefania hinterherzudackeln, Mensch, diese Demütigung, richtig scharf war er gewesen, hatte sich vorgestellt, wie er sie am hinteren Ende des Ganges nehmen, langsam in sie eindringen würde, stehend, wie sie ihre Hände gegen die Wand drücken und seufzen würde, den Po ihm entgegengereckt, aber dann kippte seine Stimmung, verdüsterte sich, so ewig, wie der Flur war, so ewig konnte keine Erregung anhalten, es roch nach Ausdünstungen und Putzmittel und jahrzehntealtem Rauch, der Teppich knisterte unter jedem seiner Schritte, synthetisch und feucht, die Wände waren schmucklos und voller Schlieren, Lackschichten übereinander, angelehnte Türen, dahinter Gerümpel, ein blaues Katzenklo; als sie endlich im Zimmer angelangt waren, stand er da und blickte auf dieses karge Elend, erkannte die ganze brasilianische Hoffnung, die einst darin gelegen hatte und jetzt nur noch aus Hoffnungslosigkeit bestand; er war verloren, Stefania mühte sich redlich ab, aber es war nichts zu machen, die hundert Franken musste er dennoch hinlegen und den ganzen Flur beschämt zurückgehen, endlos war er ihm vorgekommen, dieser Weg seines Scheiterns, bloß nicht mehr daran denken, die Hitze heute war unerträglich, balancier einfach weiter auf den Schienen, nur ein paar Meter noch. Filz wankte und drehte sich um, sah seine schmale weiße Lok, sah ihre beiden trübe leuchtenden Scheinwerfer, sie starrten ihn an wie die Augen eines fetten Albinotunnelwurms, oder waren es doch die Augen der Kantonsärzte in ihren strahlend weißen Schutzanzügen, die da glotzten, sich verdoppelten, vervielfachten, hell und heller wurden, weiterglotzten, oder war es …

Fritz Bergundthal, 09:55

Die *Re 460 001-1*, die *E 633-212* der *Ferrovie dello stato*, dazu zwei *Ae 6/6* der *SBB*, einmal die *Mendrisio* und einmal die *Brunnen*, sogar die historische *Ae 8/14* mit ihren vierzehn Achsen, er hatte sie alle. Heute erwartete er zwischen 10:13 und 10:16 den *TEE RAe II 1053 Gottardo*, er war gut informiert. Vielleicht sollte er auf der Heimreise einen Zwischenhalt bei Hanspeter einlegen, um ihm die Fotos zu zeigen. Obwohl – Bergundthal selber schätzte Überraschungsbesuche gar nicht, wahrscheinlich waren sie auch Hanspeter zuwider. Er würde sich also frühzeitig anmelden müssen. Natürlich wartete in Berlin viel Arbeit auf ihn, die Bilder mussten editiert, nummeriert, katalogisiert, beschriftet werden. Aber auf den einen Tag kam es auch nicht mehr an, den konnte er durchaus einschieben, das Urteil seines Freundes war ihm viel wert. Zudem besaß Hanspeter eine Großleinwand und einen professionellen Beamer im Wohnzimmer, sie konnten sich also einen weiteren gemeinsamen Abend voller anregender Gespräche machen, herrlich.

Bergundthal saß auf dem Campingstuhl, den er vorhin Dora Müller überlassen hatte. Er hatte gar nicht darauf geachtet, in welch seltsamer Aufmachung die alte Frau sich präsentierte, ein wenig schrill vielleicht, sicher doch, aber erst die missbilligende Reaktion ihrer Tochter – «Mamma, ma che fai qui vestita in questa maniera ridicola?» – hatte ihn dazu veranlasst, sich Dora Müller einmal genauer anzuschauen, diskret natürlich, aber dennoch genau.

Was für ein Zusammentreffen! Er war immer noch ganz benommen davon, beinahe erhitzt, wollte sich gedanklich aber nicht darin verlieren, der *TEE RAe II* würde schließlich bald durchfahren, das hier war eine einmalige Gelegenheit, das Wunderwerk der frühen Sechziger, nicht im Museum, sondern in kraftvoller Aktion direkt vor ihm. Bergundthal erhob sich und prüfte noch einmal die Standhaftigkeit des Stativs und den Bildausschnitt, der Tunnelbogen mittig, rechts die Bruchsteinmauer, links der Fels, die Kantonsstraße nicht im Bild, dafür aber einen der Betonpfeiler, der die Autobahn über ihm trug, und natürlich diese metergroße rote Erdbeere, die irgendjemand an die Felswand gesprayt hatte, ein politisches Zeichen oder eine juvenile Äußerung, er hatte vergessen, die beiden Frauen zu fragen, was die Frucht wohl bedeutete, man sah sie allerorten im Tal.

Bergundthal blickte auf die Uhr, noch zehn Minuten, dann würde er den Zug aus dem höher gelegenen Kehrtunnel kommen sehen, danach dauerte es weitere eineinhalb Minuten, bis er direkt auf ihn zugefahren käme, nicht in hohem, sondern in moderatem Tempo, der vielen Kurven wegen; das war das Großartige an diesem Ort, nichts ging schnell und man hatte alles im Blick. Keinerlei Überraschungen. Er ging zurück zum Stuhl, setzte sich noch einmal hin, schlug das Buchhaltungsbuch auf und spitzte den Bleistift. Er notierte stets mit Bleistift, zwar verschrieb er sich selten, aber nichts war hässlicher als eine durchgestrichene Zahl oder ein Wort. Andere Eisenbahner verwendeten keine Buchhaltungsbücher, dabei boten sie sich an für die Art der Einträge, die er machte, ein Dutzend Spalten, die auszufüllen waren, Ort, Datum, Uhrzeit, Baureihe, Serie, Betriebsnummer, Jahrgang, bei den alten Schweizer Zügen das Kantonswappen, falls es nicht gestohlen worden war, offensichtliche Lädierungen, Speziallackierungen, ach, es gab so viel festzuhalten.

Er war aufgeregt, weniger wegen des *TEEs*, sondern, das musste er sich selber eingestehen, wegen der zurückliegenden Begegnung mit Mutter und Tochter. Er würde nicht sagen, dass er erotisiert war, so weit ging es nun doch nicht, oder höchstens ein ganz klein wenig. Er hatte noch auf dem Asphalt gekniet und an seiner Kamera herumhantiert, während Dora – zu dem Zeitpunkt duzten sie einander schon – auf dem Stuhl sitzend von einem Feigenschnapsrezept erzählte, das sie als junge Kantinenköchin 1974 von einem sizilianischen Bauarbeiter namens Vico erhalten hatte, als Flavia aus ihrem Lastwagen ausstieg und auf sie beide zukam, langsam, mit ausgreifenden Schritten, er sah die spitzen Cowboystiefel schließlich direkt vor sich, sah auch, wie Dora ihre bloßen Schenkel erschrocken zusammenpresste und nach Flavias giftiger Bemerkung schamhaft übereinanderschlug. Erst da erhob er sich, ein wenig ungelenk. Er fühlte sich überwölbt vom Spannungsfeld dieser doppelten Weiblichkeit, neben ihm die ältere Frau in ihren Sandalettchen – schreiend gelb und beunruhigend hoch, das bemerkte er erst jetzt – und vor ihm, ihn um einen halben Kopf überragend, die jüngere Frau, ausgesprochen burschikos und sichtlich empört über die Aufmachung ihrer Mutter. Er fühlte sich schülerhaft ertappt, er hatte wohl gemerkt, dass Dora ihm Avancen machte, war aber zu konzentriert gewesen, um ernsthaft darauf einzugehen, beziehungsweise sie abzuwehren, vielleicht hatte ihm dieses Interesse auch geschmeichelt, es kam selten vor, dass eine Frau ihn umgarnte. Doras munteres Plappern hatte ihn weder bedroht noch gestört, sondern im Gegenteil erfrischt, wenn nicht gar beglückt. Er hatte sich plötzlich nicht mehr als Fremder gefühlt, war zum Bekannten mutiert.

«È il Signor Bergundthal», sagte Dora zu ihrer Tochter. «Sì, lo so, abbiamo già fatto conoscenza», antwortete Flavia.

Ihm wurde warm, welch unangenehme Situation, er sah blitzartig das Bild vor sich, das er und Dora Müller für Außenstehende abgegeben haben mussten: ein verrückter fünfzigjähriger Trainspotter in elfenbeinfarbenem Leinenanzug, am Boden kauernd, in Begleitung einer mindestens so verrückten Alten in operettenhafter Kleidung und mit zu viel Make-up um die Augen.

Dora blickte ihn erstaunt an. «Auf dem Campingplatz», sagte Bergundthal erklärend, «ich logiere auch auf dem Campingplatz.»

Alle drei verstummten. Er überlegte angestrengt, was er sagen könnte. Flavia brach schließlich das Schweigen; er war ihr dankbar dafür. «Bergundthal», fragte sie, «vuol dire *montagna e valle*, vero?»

Es war dieser eine Satz, der die Wendung brachte, der aus einer angespannten Situation eine lockere zu machen vermochte, der Bergundthal dazu verleitete, seine halbe Familiengeschichte zu erzählen, mal auf Italienisch, dann auf Deutsch, er geriet in einen regelrechten Redeschwall, animiert vom Lachen der beiden Frauen, Dora kicherte und Flavia lachte mehrmals lauthals, so laut, dass das Geräusch der Autobahn über ihnen gänzlich in den Hintergrund rückte. Er erzählte von Olivia Mancini, die mit ihm darüber stritt, ob man das *h* in seinem Namen aussprechen solle oder nicht, nicht aspirieren!, oder es am besten gleich streiche, weil es überflüssig und antiquiert sei, und somit einem Orthografiefehler gleichkomme; er erzählte davon, dass es ursprünglich ein Schweizer Name sei, ein seltener zudem, dass die Bergundthals aus dem Berner Oberland stammten und einer von ihnen, sein Urgroßvater, als Landknecht ins Schwäbische ausgewandert sei, sich aber nur minimal fortgepflanzt habe, außer der direkten Linie gebe es keine Bergundthals in Deutschland, das habe er recherchiert; er habe keine Geschwister, keine Kinder, keinen Vater, nur seine Mutter lebe noch, in Berlin-Steglitz im Pflegeheim, allerdings ohne Sinn und Verstand, leider, und so fühle er sich als der letzte Bergundthal weit und breit. Außerhalb der Schweiz, so führte er dann aus, lebten einige in Amerika, die meisten hätten sich jedoch bald nach ihrer Einwanderung umbenannt in Bergenthal, eine Irma Bergundthal habe er aber noch gefunden und auch kontaktiert, weil sie nämlich ganz in der Nähe der *Horseshoe Curve* wohne; ob ihnen, Flavia und Dora, die Hufeisenkurve in Pennsylvania ein Begriff sei? Die beiden Frauen wussten nichts von jener dreispurigen 220-Grad-Kurve, die irische Immigranten Mitte des 19. Jahrhunderts in den Hügeln Pennsylvanias erbaut hatten und die jedem ernst zu nehmenden Eisenbahner selbstverständlich bekannt war, ein Pilgerort geradezu, Bergundthal plante seit Jahren eine Reise dorthin, doch immer war etwas dazwischengekommen, Arbeit meist, manchmal auch einfach nur Angst. Ob es nicht lustig sei, sagte Dora und schaute ihre Tochter dabei ob ihrer Geistesgegenwärtigkeit aufmerksamkeitsheischend an, dass sein Nachname und sein Hobby – ob sie es Hobby nennen dürfe, fragte sie ihn, als sie sah, dass er bei dem Wort zusammenzuckte, wartete aber seine Antwort nicht ab – so schön übereinstimmen würden? Er habe da eine Theorie, entgegnete Bergundthal, er glaube nämlich, dass Namen Biografien prägten, dass sein Vater seine Leidenschaft für den *Glacier Express*, Schwerpunkt Westschweiz, nur entwickeln konnte, weil man ihn als Kind wegen des Namens ausgelacht habe, und auch er selber habe während seiner Schulzeit allerlei Spott ertragen müssen, habe das dann aber kultiviert und sich als Eisenbahner auf Berggebiete spezialisiert, auf die Furka-Dampfbahn etwa. Ob sie die Furka-Dampfbahn denn vielleicht kennen würden? Beide nickten. Bergundthal sagte weiter, er habe einen Elektriker namens Lampe und einen Fliesenleger namens Steinbeißer im Bekanntenkreis, was Dora zum Kichern und Flavia zum Lachen brachte, worauf ein Wort das nächste gab und beide Frauen mit Fällen aufwarteten, die seine These, die in der Zwischenzeit auch ihre geworden war, untermauerten: Rosaria Rotonda, dick wie eine Kugel, oder Susanna Allamoda, die Damenschneiderin, auch der Metzgermeister Moritz Specker fiel ihnen ein oder der junge

Roberto del Ponte, der sich in Zürich zum Brückenbauingenieur ausbilden ließ. Es hätte noch ein Weilchen so weitergehen können, doch Flavia sagte abrupt, sie müsse jetzt arbeiten, und auch Dora sprang plötzlich aus ihrem Stuhl auf und verabschiedete sich eilig. «Ci vediamo», sagte die eine und ging zu ihrem Lastwagen. «Ci vediamo», sagte die andere und stöckelte den Berg hinunter. Da war er wieder allein.

Der *TEE RAe II* rollte aus dem oberen Tunnel, ein halbes Dutzend Wagen angehängt. Bergundthal machte sich bereit. Noch eineinhalb Minuten, dann würde der Zug auf ihn zufahren. Er prüfte ein letztes Mal die Belichtungszeit und die Blende. Nichts sollte dem Zufall überlassen werden.

Thomas Oberholzer, 10:15

Cottbus. Er wollte nicht nach Cottbus zurück. Hier bleiben konnte er aber auch nicht. Vorhin, als der Alarm angegangen war und Tonino wie ein Irrer ins Funkgerät gebrüllt hatte – Oberholzer hielt Tonino sowieso für einen Irren, einen liebenswürdigen zwar, aber dieses ganze Mussolini-Geschwätz konnte einem schon auf die Nerven gehen –, waren ihm einen Moment lang die Knie weich geworden, er hatte sich hinsetzen müssen, er war ja schon den ganzen Morgen über so kopflos von einem Ort zum nächsten geirrt, hatte in seinem Zimmer in der Schlafbaracke einen löslichen Kaffee aufgebrüht und ihn dann doch nicht getrunken, war zur Kantine gegangen, um dort ein Croissant zu essen, das nicht schmeckte, weil zu trocken, hatte bei der Restbetonanlage gestanden und mit geschlossenen Augen den Geruch des ausgewaschenen Kieses eingeatmet, hatte dabei zusehen müssen, wie die einst so mächtige Tunnelbohrmaschine zu Schrott zerlegt abtransportiert wurde, ein richtiggehendes TBM-Drama für ihn; wieder ging eine Baustelle zu Ende, wieder war die Zeit, wo er tief im Berg drin sein konnte, vorbei. Er war gerne Mineur. Damals, als Stift im *VEB Braunkohlenkombinat Senftenberg*, wäre es ihm unvorstellbar gewesen, dass er eines Tages in der Schweiz arbeiten würde. In der Schweiz! Er hatte nicht einmal gewusst, dass Schweizerdeutsch eine eigene Sprache war, geschweige denn, dass man in dem Land auch Italienisch redete. Er kannte nur das Erzgebirge. Und das Schwarze Meer. Zwei frustrierende Wochen hatte er als Jugendlicher in einem FDJ-Ferienlager am Strand von Slantschew Brjag verbracht, hatte gegen eine kommunistische Jugendgruppe aus Hannover Fußball gespielt, deren Anführer lautstark die Platzaufteilung erklärte, die Deutschen nach links, die aus der DDR nach rechts, darüber hinaus hatte er in dem Tag für Tag stärker werdenden Bewusstsein gelebt, dass er die falsche Währung in seiner Geldbörse trug; die

Bulgaren waren scharf auf die D-Mark, nicht auf die Mark. Die Bulgarinnen erst recht.

Aber kommunistische *Bundis* und sechzehnjährige Bulgarinnen mit himmelblauem Lidschatten waren heute nicht sein Problem. Sein Problem war seine Frau. Oder vielleicht auch er selbst. Sie harmonierten einfach nicht mehr, dachte Oberholzer und klopfte die Kopfkissen aus. Er setzte sich auf sein Bett und blickte aus dem Fenster auf die nächste Baracke, hölzern, dunkel, vertraut. Manchmal wusste er mit seiner freien Zeit nichts anzufangen. Meist las er. Er las viel, Entdecker-Biografien am liebsten, historische Technikromane, etwas über das Weltall; vermutlich war er der Einzige hier, der Bücher im Zimmer liegen hatte. Manche kaufte er, die meisten brachte er aus der Leihbücherei in Cottbus mit. Vier Wochen Ausleihe, dann noch einmal zwei Wochen Verlängerung. Seine Frau erledigte das mit der Verlängerung für ihn. Spätestens alle drei Wochen fuhr er nach Hause, manchmal alle zehn Tage, daher klappte das mit den Büchern. Verspätungszuschlag hatte er noch nie bezahlen müssen.

Heute war ihm nicht nach Lesen zumute, aber er konnte es zumindest versuchen. Er legte sich aufs Bett und schlug das Buch beim Kapitel über das Sternbild Orion auf. Das Universum faszinierte ihn, diese unfassbare Dimension, die die Tiefe, in der er sich im Berg bewegte, geradezu lächerlich erscheinen ließ. Wenn er im

Loch unten war, stellte er sich gerne vor, dass es außer der Milchstraße mit ihren dreihundert Milliarden Sternen unzählige andere Galaxien gab, er spürte dann die Haut der Erde umso stärker, diesen dünnen Mantel der Erdkruste, in dem er herumwühlte, ein verschwindend kleines Wesen inmitten dieses alten mächtigen Gesteins, die Hitze, die ihn fast umbrachte, die ihn aber auch umschmeichelte, als ob sie einzig dazu da sei, ihn zu wärmen, ihm eine Art Geborgenheit zu geben in diesem unermesslich großen All. Er hatte gelegentlich versucht, mit den anderen darüber zu sprechen, sie hatten ihn zwar nicht ausgelacht, aber doch erstaunt angeschaut und dann schnell den nächsten Schluck Bier genommen, Oberholzer, worüber du dir so den Kopf zerbrichst.

Seine Frau war sein Problem, ja, so war das. Jahrelang hatte er widerspruchslos an der Perfektionierung ihres Lebens mitgearbeitet, draußen in der Kolonie *Am kleinen Bärenweg e. V.*, hatte die Waschbetonplatten verlegt, die Regenrinne repariert, ein transparentes Dach für die Tomaten gebaut, den von Wildschweinen umgepflügten Rasen geebnet, die Buchenhecken geschnitten, bis ihn die Schultern schmerzten, hatte auf ihr Drängen hin unersprießliche Gespräche mit der Nachbarin geführt, damit die ihrem Hund das Kläffen abgewöhnte, was aber nicht gefruchtet hatte, das Tier bellte nach wie vor und die Nachbarin redete jetzt schlecht über ihn. Jahrelang war er neunhundert Kilometer mit seinem nachtblauen *Ford Focus* nach Hause gerast und vier Tage später wieder neunhundert Kilometer zur Baustelle zurück, hatte dazwischen am Datschenidyll seiner Frau herumgebastelt, hatte ihr Ideen liefern wollen, ein Bücherregal über dem Schlafsofa schreinern zum Beispiel, doch was hatte sie gesagt: So ein Unsinn! Bücher hier draußen, bei der Feuchtigkeit! Damit war das Thema erledigt gewesen und er hatte weiter Waschbärkot entfernt und säckeweise Rosenerde aus dem Gartencenter in die Kolonie geschleppt, hatte sich so lange dem Lebensrhythmus seiner Frau unterworfen, bis er eines Tages merkte, dass sie sich für seine Belange genauso wenig interessierte, wie er sich für ihre. Er fing an darauf zu achten, wie andere Paare funktionierten, hörte den verheirateten Kollegen genau zu, wie sie über ihre Frauen sprachen, wie oft sie täglich mit ihnen telefonierten, er beobachtete *Am kleinen Bärenweg* haarscharf die Ehen, und eines Tages, es war noch nicht lange her, erkannte er das Grundproblem, seines und das der meisten um ihn herum: Angst. Angst vor dem Alleinsein. Es war so simpel. Viele funktionierten wie Kletten, bewachten und kontrollierten einander, suchten, wenn ein Verhältnis gescheitert war, weil einer auszog, jemand neuen zu kontrollieren und zu bewachen, schnell einen anderen, dem sie erst aufregend nah waren und dann einfach nur zu nah. Sie sagten, diesmal sei alles anders und begriffen nicht, wie es sie von hinten überrollte und verschlang, und dann, wieder: bewachen und kontrollieren. Angst. Sie verschwanden im *Wir* und verloren das *Ich*, sie sprachen im *Wir* und meinten doch nur *Ich, Ich, Ich*.

Er wollte das nicht mehr. Er wollte nicht enden wie Tonino, der trotz der räumlichen Distanz zu seiner Frau ein von ihr abhängiger Waschlappen war, der sich ohne Widerworte hatte gefallen lassen, dass sie ihn, als Oberholzer und Frankie ihn unlängst in einem Turiner Vorort im vierten Stock eines Mietshauses besucht hatten, vor ihrer beider Augen herumkommandierte und ihn anherrschte, den Wäscheschrank zu reparieren, weil er es versprochen hatte und das nicht bis zum Abend warten konnte, so dass Oberholzer und Frankie eine geschlagene Stunde lang vor dem laufenden Fernseher auf dem Sofa saßen und sich eine dieser hysterischen italienischen Höllenshows anschauen mussten, bewacht von zwei polierten Duce-Büsten auf dem Regal, während Tonino im Schlafzimmer fluchend und gedemütigt am Wäscheschrank herumhantierte.

Ihm war klar: Er konnte nicht mehr zurück. Schluss mit Cottbus. Noch zwei Wochen, dann war seine Arbeit hier zu Ende. Er musste sich etwas einfallen lassen. Oberholzer fühlte sich wie im luftleeren Raum, im Weltall draußen. Er blätterte in seinem Buch, betrachtete all die leuchtenden Sterne und sah, dass sie stets genügend Abstand voneinander hatten. Kamen zwei sich zu nahe, führte das unweigerlich zu Zerstörung. Vielleicht hatte Filz recht, wenn er sagte, lieber viele Frauen als nur eine. Und am besten keine zu nah.

Aldo Polli, 10:30

Das Hotel war 1914 geschlossen und nie wieder eröffnet worden. Eine richtige Hotelleiche. Es gehörte längst nicht mehr den Pollis, schon gar nicht Aldo, dennoch empfand er es als sein Recht, sich darin aufzuhalten, vor allem, wenn er sich so hundsmiserabel fühlte wie jetzt und nicht recht wusste, wohin mit sich. Ja, eigentlich war dies sein *Grand Hotel Faido*. Immerhin hatte es sein Urgroßvater erbaut, ein weiser Mann, dieser Fabrizio Polli, dachte Aldo zum zweitausendsten Mal und hantierte an der rostigen Gittertür des Hintereingangs herum, die sich ausgerechnet heute besonders schlecht öffnen ließ. Der *bisnonno* hatte schließlich nichts vom Ersten Weltkrieg wissen können, der alles zum Erliegen bringen würde, damals 1882, als der Eisenbahntunnel eröffnet worden war. Direkt an der neuen Bahnstation von Faido hatte der Urgroßvater sein prächtiges fünfstöckiges Haus errichten lassen, dachte, die Mailänder würden nun bequem mit der brandneuen Dampfbahn herkommen, ein paar Wochen Bergluft atmen. Und tatsächlich, die *grandezza* machte sich breit im Ort,

Villen hier und dort, Kurhotels, Restaurants; alles wegen der vermögenden Italiener. Heute tauchte keiner von denen mehr auf, obwohl sie Geld hatten wie Heu, Aldo hatte bei seinem letzten Knastbetrachtungsausflug nach Lugano gesehen, wie sie in ihren schwarzen Audis und Maseratis angefahren kamen, selbstgefällige Männer in affigen Anzügen mit blondierten Frauen auf dem Beifahrersitz, Lederkoffer in der Hand, auf dem direkten Weg zur Bank, Schwarzgeld abliefern. Dagegen war er ein kleiner Fisch – aber er war in Gefahr und sie nicht. Es war ungerecht.

Aldo war nervös, diese innere Unruhe machte ihn noch verrückt. Die Holztür hinter dem Gitter knarzte, als er sie öffnete, er sah sich um, doch hier war niemand, hier war nie jemand, der Dienstboteneingang lag gut versteckt auf der Rückseite des Gebäudes, von wuchernden Schlingpflanzen seit Jahrzehnten umrankt. Schnell zog er die Tür hinter sich zu, Dunkelheit und Stille umschlossen ihn, er atmete auf. Dieser Geruch von wurmstichigem Holz, Staub in den Vorhängen, muffigen Seidentapeten, die sich von den Wänden lösten – nichts beruhigte ihn mehr. Er versuchte den Helm auszuziehen, wirklich verdammt eng heute, er ruckelte und zerrte, bis er ihn ablegen konnte. Mit ihm stimmte eindeutig etwas nicht, er musste zum Arzt, wie war es möglich, dass ein Kopf über Nacht so wachsen konnte. Er ging durch den Flur zu der vergoldeten Spiegelwand im

Speisesaal, vergilbt, zerbrochen, raumhoch. Nein, er sah völlig normal aus, keine Wucherungen oder Schwellungen, einfach nur ein krummbeiniger, unrasierter alter Mann stand ihm da gegenüber, mit verfilztem Haar, Tränensäcken und einer geröteten Nase, *niente di nuovo*.

Das Hotel war ein gutes Versteck. Würde die Polizei ihn des Hausfriedensbruches beschuldigen, konnte er sich als trauriger Rentner ausgeben, der sich in den leeren Räumen seiner Kindheit umschauen wollte. Zudem kannte er die meisten Polizisten von den Geschwindigkeitskontrollen, den vermaledeiten; ernst nahmen die ihn sowieso alle nicht, diese durchtrainierten jungen *poliziotti* in ihren gut sitzenden Uniformen. Wenn Dora jammerte, dass niemand Frauen über fünfzig wahrnahm, dann konnte er nur sagen: Männer über sechzig auch nicht. Sie waren einfach nicht vorhanden. Ihm war das recht. Der Einzige, der ihn hier schon hatte hineingehen sehen, war der Weinhändler Guarezzi von nebenan, Aldo und er kannten einander, seit sie Kinder waren. Sie wechselten kein Wort, nie. Guarezzis Urgroßvater war noch gewiefter gewesen als sein eigener. Der hatte nämlich nicht nur ein Hotel gebaut, sondern auch gleich den ersten Wein importiert, ein im Tal bis dato unbekanntes Getränk; unvorstellbar eigentlich, dachte Aldo, das Tessin ohne Wein, welch trübe Zeiten. Die italienischen Tunnelarbeiter hatten die ersten Flaschen mitgebracht, meist Merlot, meist aus dem

Piemont. Als das mit den Übernachtungsgästen schiefgegangen war, hatte Guarezzi wenigstens noch den Wein gehabt. Die Pollis hatten nichts, nur ein abgetakeltes Hotel, das keiner mehr wollte, und einen Haufen Söhne, die sich um das Erbe stritten, Aldos Großvater war einer davon.

Er ging zum Fenster und schob den brüchigen goldfarbenen Brokatvorhang ein wenig zur Seite, grelles Sonnenlicht draußen, kein Mensch zu sehen beim Bahnhof, der *InterRegio* fuhr erst in einer halben Stunde, Faido war leer. Aldo hockte sich auf den Kaminvorsatz und fuhr sich mit beiden Händen durch die Haare, schon ein angenehm freies Gefühl, so ohne Helm. Zu Hause setzte er den Helm auch ab, Dora zwang ihn dazu, am liebsten hätte er ihn allerdings immer aufbehalten, auch wenn er wusste, dass das lächerlich war, aber der Helm war ihm zu einem Körperteil geworden, nur hier drin, im Hotel, zog er ihn gerne aus. Es war auch der einzige Ort, an dem er sich selber anschaute, manchmal sogar ausführlich, er drehte sich dann um seine eigene Achse wie eine Primaballerina und betrachtete alles ganz genau, den gebeugten Rücken, die krummen Beine, das linke krummer als das rechte, die hochgezogenen Schultern, die linke hochgezogener als die rechte; er war ein schiefer Mensch. Es gab Spiegel in fast jedem Raum, nicht nur hier im Speisesaal, auch im Tanzsaal drüben, an den Enden der Flure und in den Zimmern oben; die Spiegel hatte keiner abmontiert, zu aufwendig wohl, sie waren in die Wände eingelassen. Wenn er seine Pirouette drehte, ein paar Takte Musik summte und sich in den Spiegeln des halbdunklen Ballsaals von allen Seiten sah, zehnfach, zwanzigfach, diesen alten krummen Aldo Polli, dessen Leben ganz anders hätte verlaufen können, denn eigentlich hätte er Hotelier sein sollen, *il direttor Polli,* in vierter Generation, und Flavia *la direttrice* in fünfter Generation, so hätte es kommen sollen, so und nicht anders, dann wurde er für einen Moment ganz traurig, hörte das Streicherquartett spielen und sah die Mailänder Gäste im Kerzenschein tanzen, so wie man es ihm als Kind erzählt hatte, ihm und zuvor auch seinem Vater schon, diese märchenhafte Erzählung einer großen Familie, einer niedergegangenen; hier sollte er leben und nicht in einem windschiefen Haus in einer Kurve unter einer Autobahnbrücke.

Aldo stand auf und ging durch den Speisessaal hinüber zum barock geschwungenen Treppenhaus mit dem breiten Handlauf, auf dem er als Junge immer hinuntergesaust war, wenn es mal wieder eine dieser hoffnungslosen Familienkonferenzen zur Zukunft des Hotels gegeben hatte. Er versuchte ruhig zu bleiben; die Nervosität, die ihn schon den ganzen Tag wie ein Schwarm Mücken geplagt hatte, der hinter ihm her war, um ihn auszusaugen, wollte einfach nicht schwinden. Ob es Tonino auch so ging heute? Sie waren aneinander gekettet, auch wenn sie seit Jahrzehnten nicht mehr miteinander sprachen, nach dem Vorfall, den er als Unfall abtat, wissend, dass auch *Vorfall* noch ein zu mildes Wort war, hatten sie beide geschwiegen, aber was hätten sie auch sagen sollen, etwa dass sie Mörder waren? So konnte man das nicht sehen. Er war kein Mörder und Tonino auch nicht, natürlich nicht.

Aldo nestelte an der zweituntersten Treppenstufe herum, löste den Auftritt ab und legte das Holzstück zur Seite. Jener Hohlraum tat sich auf, den ihm sein Großvater einmal gezeigt hatte, ein Kinder-Geheimversteck über Generationen; die Päckchen waren alle noch da, mehr als zwanzig, kleinere und größere, auch die Waage, das Messer und ein Stapel Plastiktütchen lagen wie immer daneben, Aldo versuchte Ordnung zu halten. Ein minziger Geruch schwoll ihm entgegen, das war der *Black Maroc*, seine gefragteste Ware, denn *Schwarzen Afghanen* gab es heutzutage kaum noch, und wenn, dann war er aus Pakistan und gepanscht, aber Aldo hatte je nach Saison *Roten Libanesen*, einen guten *Nepalesen* und natürlich allerlei Marokkaner im Programm, *Casablanca, Zero Zero*, zudem jede Menge Tütchen Gras aus einheimischem Anbau, die Südlagen um Ascona boten das beste Marihuana. Er selber rauchte nicht mehr, früher schon, das Kiffen hatte sein flatteriges Herz beruhigt, es in einen Gleichklang gebracht, ihm einen gelassenen, tiefen Rhythmus geschenkt, und wahrscheinlich würde er heute noch rauchen, wenn er nicht diesen psychedelischen Schub gehabt hätte, *oddio*, er durfte gar nicht dran denken, das war ein richtiger Verfolgungswahn gewesen, der sich tagelang nicht verflüchtigt hatte, immer wieder hatten ihn Vicos aufgerissene braune Augen angestarrt, am Schluss hatte er nur noch die Augäpfel gesehen, als ob sie aus den Höhlen gefallen wären und ein eigenständiges Leben geführt hätten, ein kullerndes Vico-Augen-Leben; das war damals der *Schwarze Afghane* gewesen, ein Teufelszeug.

Aldo verteilte um. Er schnitt, krümelte, wog ab, er öffnete Tüten, packte kleinere und größere Klumpen hinein, schloss sie wieder; eine mühselige Arbeit für ihn, die Hände wollten nicht recht, seine Finger schmerzten, sie waren gekrümmt, als ob sie unablässig den Mofalenker umklammern würden, Arthrose oder Gicht. Giornico stand gleich noch auf dem Plan, dort belieferte er den jungen Grassi, dann nach Biasca hinunter, Abayomi ein paar Päckchen bringen, damit der seine Asylantenkumpels versorgen konnte. Aldo fühlte sich gehetzt. Weder aus Angst, dass man ihn hier entdecken könnte, noch wegen der Lieferungen. Er fühlte sich gehetzt von seiner eigenen Vergangenheit, die ihm überall auflauerte. Nicht nur heute, aber heute ganz besonders.

Robert Filz, 10:50

Es ruckelte. Er versuchte den Kopf zu heben, um zu sehen, wo er war. Stockdunkel draußen. Feucht. Und dann der Geruch; du heilige Scheiße. Filz stöhnte, ihm war schwindelig, ihm war übel. Er legte sich schnell wieder flach hin, harter Boden, Rillen, körniger Dreck. Er sah blaue Plastikschalensitze über sich, mit Bleistift an die Wände gekritzelte Sprüche; man hatte ihn in den Personentransportwagen gelegt. *Hast Du Durchfall lass nicht locker, kauf Dir ein paar Knigebocker, sonst gibt's nasse Socken! – Der Sarg ist zu, sie kichert, denn er war mit Alianz Versichert.* Lokführer Filz, nicht in der Lok vorn, wo er hingehörte, sondern hinten auf dem Fußboden, es war beschämend. Ohnmächtig war er schon mehrmals geworden, aber dass man ihn wie ein altes herzschwaches Weib abtransportieren musste, das hatte es noch nie gegeben. Es wurde heller, Gott sei Dank, endlich aus dem Pilztunnel raus. Dass die ihn ausgerechnet davon wegbringen mussten – aber klar, hinter ihm waren schon andere Züge in der Röhre gewesen, in diese Richtung hätte es kein Rauskommen gegeben, der Pilztunnel war schließlich der Nebenstollen und so was wie eine Abkürzung, er hasste ihn trotzdem. Dehydriert, dieses verfluchte Wort mal wieder. Er trank zu wenig. Aber er wollte nicht mehr trinken, weil er sonst dauernd pinkeln musste, in die Schmutzwasserrinne am Tunnelrand; er pinkelte nicht gerne in der Öffentlichkeit, auch wenn es völlig egal war, weil sich alle einfach irgendwo hinstellten oder hinhockten, *än Tunnelarbeiter schiisst und schiffet überall.* Aber er gehörte schließlich auch nicht zu denen, die nackt bis auf die Unterhose in der Lok saßen, wenn die Hitze allzu unerträglich wurde.

Sie waren draußen, noch dreihundert Meter, dann würde der Zug stoppen, direkt unterhalb der Leitstelle. Herrje, er wollte gar nicht an die Kollegen denken, die gleich um ihn rumstehen würden. Was hatte er als Letztes gesehen, bevor er ohnmächtig geworden war? War das wirklich die heilige Barbara in einem weißen Schutzanzug gewesen? Und warum trug er eigentlich keine Schuhe? Wo waren denn seine Schuhe? Es musste die Rache der Barbara gewesen sein, warum wäre sie ihm sonst erschienen? Obwohl, sie hatte ihn nicht grimmig, sondern im Gegenteil liebevoll oder gar verführerisch angeschaut, ganz zart hatte sie ausgesehen, mit glattem dunklen Haar und blasser Haut, zudem hatte sie Stöckelschuhe getragen; eine aparte Erscheinung. Freisinger, dem die geklaute Barbara gehörte, hatte ihnen geschworen, dass dieser Diebstahl ein böses Omen sei und eine Unglückskette nach sich ziehen würde, vor der ihnen allen noch angst und bange würde. Aber Freisinger war ein Arsch, kein Wunder, dass niemand Mitleid mit ihm hatte, dem Dipl.-Ing., der sich für was Besseres hielt, dann dieser Tonfall, dieses Großkotzige immer, richtig hämisch waren die Kollegen gewesen, als sie von dem Vorfall gehört hatten, was musste der auch seine eigene Barbara auf die Baustelle mitbringen, war es etwa sein Tunnel oder was? All die Skandale, die es um die Barbara gegeben hatte – erst durfte die Frau Pfarrer die Predigt am Barbaratag im Dezember nicht lesen, weil eine Frau im Stollen Unglück bringt, und dann noch der Diebstahl, mitten in der Nacht, das schmiedeeiserne Türchen aufgebrochen, eine Mulde im Fels, von künstlichen Kerzen beleuchtet, doch ohne Figur.

Der Zug stoppte, Filz hörte, wie die Tür aufgerissen wurde. Vor ihm stand Frankie, ein Koloss in Orange; er war der größte Mensch weit und breit, vielleicht sogar der größte, den Filz je gesehen hatte. Und der leuchtendste. Frankie lächelte ihn an, Filz schloss die Augen, das war nun wirklich zu viel. Er spürte, wie Frankie seine Pranken unter ihn schob und ihn aufhob, als ob er nichts wiegen würde, ein schlaftrunkenes Kind in der Obhut des übermächtigen Vaters, er hätte nur noch seine Arme um den Hals des Retters legen müssen. Aber das wäre mehr als zu viel gewesen, also ließ er sich einfach hängen.

«Ey Filz», hörte er Tonino rufen. Er sagte nichts. «Roberto, ma che fai?», Toninos Stimme klang ernsthaft besorgt. Dann, zu Frankie gewandt: «Lo mettiamo nella Jeep e poi in camera mia.» Der rote Jeep stand direkt neben dem Zug, Frankie schob Filz auf den Beifahrersitz, Tonino setzte sich nach hinten und hielt ihn an den Schultern fest, was gut war, er drohte nach links abzukippen. Frankie stieg ein. Filz hielt die Augen geschlossen, erst als der Wagen ruckelnd davonfuhr, öffnete er sie einen Spalt. Sie stoppten an der Schranke, Sandrina winkte sie durch, sie starrte neugierig ins Auto, wahrscheinlich hatte sie schon von seinem Unglück gehört, eine Sekunde lang dachte Filz an den getigerten Stringtanga, den sie tänzelnd vor ihm abgestreift hatte wie ein mäßig talentiertes Go-go-Girl, staksig und forsch. Dann wurde ihm wieder schwarz vor Augen.

Flavia Polli, 11:10

Die Ladefläche war leer, der TBM-Schrott abgeliefert, der Lastwagen fuhr sich leicht. Schon bemerkenswert, Oberholzers Niedergeschlagenheit. Flavia kannte einige Männer, die ein regelrecht persönliches Verhältnis zu der Tunnelbohrmaschine hatten, aber bei keinem schien diese Verbindung so stark zu sein wie bei Oberholzer. Mit *Gabi II* durch den Berg. In ihn hineindringen, ihn durchbohren, aufwühlen, bewältigen. Dass ausgerechnet Oberholzer so empfand, war erstaunlich, zartgliedrig und feingeistig wie er war. Flavia verstand durchaus das nahezu erotische Allmachtsgefühl, das die Männer überkam, wenn sie an der Tunnelbrust vorne arbeiteten, schwitzend am fünfzig Grad heißen Fels, in brüllendem Lärm. Dass ein TBM-Fahrer zum Ende hin allerdings dafür verantwortlich war, die Vortriebsmaschine, in der er gesessen, die er bedient und die diese ganze Leistung vollbracht hatte, zu demontieren und als Altmetall zu entsorgen, der Fräskopf in Dutzende Teile zerlegt, das war schon ein starkes Stück. Oberholzer litt, es war offensichtlich. Flavia spottete nicht über diese Empfindungen, sie hatte im Gegenteil Respekt vor ihnen. Flavia zeigte, und das machte sie bei den Kumpels so beliebt, Verständnis für die Nöte und Regungen der Männer, ohne eine Spur von Mütterlichkeit jedoch, sie hing nach der Arbeit mit ihnen in Bars rum, die gleichzeitig Abschlepplokale waren, trank ein paar Bier, hörte ihren Gesprächen über Frauen zu, ohne sich gekränkt oder behelligt zu fühlen, sah ihnen hinterher, wenn sie mit einer der Huren ins Obergeschoß stiegen, ohne Neid, ohne Bedauern, aber auch ohne Groll. Weibliche Solidarität bedeutete ihr nicht viel, Arbeitersolidarität hingegen schon. Sie war mit all den Geschichten groß geworden, die im Tal kursierten, von Bränden, Explosionen und Toten während des Baus des Straßentunnels in den Siebzigerjahren, von Felsstürzen und Wassereinbrüchen, von zerquetschten und verschütteten Arbeitern, auch Dora hatte aufwühlende Szenen mit der ihr eigenen Neigung zum Drama geschildert, während Aldo dazu meist geschwiegen hatte. Flavia kannte die

Fakten des großen Streiks von 1875, als italienische Mineure von Innerschweizer Milizionären erschossen worden waren, sie wusste, dass die Zustände im Tunnelbau heute geradezu paradiesisch waren im Vergleich zu früher, dennoch hatte auch sie vor vier Jahren ihre Arbeit niedergelegt, hatte riskiert, dass sich einige der Kollegen über sie ärgerten, weil ihnen kürzere Arbeitszeiten scheißegal waren, je mehr Überstunden desto besser, Hauptsache sie konnten viel Geld nach Hause tragen, sie hatte ein flammendrotes Transparent mit den Wörtern *STREIK – SCIOPERO* in die Fernsehkamera gereckt und war prompt in Großaufnahme in der *Tagesschau* gezeigt worden, die einzige Frau unter Hunderten von Männern.

Sie fuhr von der Deponie zur Baustelle hinunter, nicht über die Autobahn, sondern wieder über die Landstraße, über die sie schon hochgekommen war, des Kurvenfahrens wegen und weil sie die Autobahn sowieso nicht leiden konnte, ein richtiger Fremdkörper war das, einer, den sie möglichst mied, darauf all diese Leute, die eigentlich ein Schlag ins Gesicht der Talbewohner waren und die nur eines wollten: möglichst schnell durch. Sie wählte die Kantonsstraße aber auch, um zu schauen, ob der Deutsche mit dem ungewöhnlichen Namen immer noch hinter dem Haus ihrer Eltern Züge fotografierte. *Montagna e valle.* Dieser Typus Mann war Flavia nicht vertraut, die Männer, von denen sie umgeben war, waren von einem anderen Schlag, härter, dreckig, mit grober Sprache und sicher nicht in helle Leinenanzüge gehüllt. Wie gewählt er sich ausgedrückt hatte, dieses gestelzte Italienisch, als ob er hinter einem Stehpult über Dante oder sonst so einen Mittelalterkram dozieren würde, und dann die sorgfältig aufgetragenen Bleistiftbuchstaben, wie gemalt sah das aus, in einer altertümlich anmutenden Schnürschrift. Dass er es schaffte, sein dickes Notizbuch so sauber zu halten, schien ihr angesichts der staubigen Orte, an denen er es benutzte, ungeheuerlich, kein Knick war darin zu sehen gewesen, kein Fleck, nichts außer Linien, Buchstaben und Zahlen. Während ihrer Schulzeit hatte sie ein halbes Jahr lang einen Jungen als Sitznachbarn gehabt, der auch ständig ein telefonbuchschweres Notizbuch mit sich herumgeschleppt hatte, aber er war nicht auf Eisenbahnen spezialisiert gewesen, sondern hatte Gegenstände gezählt und vermerkt, Fenstergriffe im Klassenzimmer, Stuhlbeine in der Aula, Bodenfliesen in der Toilette, Schnürsenkellängen und Bibliotheksbücher mit den Anfangsbuchstaben M, A, U, R und O, so wie sein Name, Mauro. Nach den Herbstferien war er nicht mehr in der Schule erschienen und Flavia hatte ihn bald vergessen, denn es war schlimmer gekommen: Ihr neuer Tischnachbar schlug regelmäßig mit dem Lineal auf Hände, blitzschnell und ohne Vorwarnung, auch auf ihre; heute war er Frauenarzt in Ascona drüben, von Mauro hatte sie hingegen nie wieder gehört, vielleicht zählte er ebenfalls Züge irgendwo am Straßenrand.

Der Vorteil der Landstraße war auch, dass sie am *Alabama* entlangführte. Womöglich saß Mônica jetzt da, an einem der Tischchen vorn oder hinten auf den drei Treppenstufen zum Nebeneingang, rauchend, noch ungeschminkt und müde von der Nacht; ein wenig obszön sah das immer aus, zu intim irgendwie, dieses nackte weiche Gesicht, jünger auch und ziemlich verletzlich. Flavia wollte ihr stets über die Haut streichen, wenn sie Mônica so sah, die hoch geschwungenen Augenbrauen berühren und den Mund mit den Fingern liebkosen, die Lippen öffnen und die feuchte Zunge auf der Fingerkuppe spüren, tief und warm, doch niemals hätte sie es gewagt, nicht wegen des Skandals, die Männer hätten das sicher ziemlich scharf gefunden, zudem wusste jeder, dass sie mehr auf Frauen als auf Männer stand, aber sie wollte sich nicht mit Hendrik anlegen, das konnte übel enden, nicht gerade blutig, aber doch übel.

Hubschrauberlärm, schon wieder. Was hing denn diesmal dran? Flavia blickte hoch, auch wenn der Duttwyler'sche Hausrat sie kaum interessierte. Doch einen Hubschrauber zu steuern könnte ihr schon gefallen. Sie fuhr auf das Haus ihrer Eltern zu. Der Deutsche saß noch immer auf seinem Campingstuhl, so wie schon vor einer Stunde. Flavia bremste ab, hielt an und lehnte sich aus dem Fenster. «Signor Bergundthal», rief sie über die

Straße hinweg. Er schaute auf. «Vuol fare una visita al cantiere?», fragte sie. Es war ein spontaner Einfall von ihr, eine sekundenschnelle Übermütigkeit; wie kam sie nur dazu, ihn zu einer Baustellenbesichtigung einzuladen, fragte sie sich im selben Moment. Doch es war schon zu spät. Sie sah, wie Bergundthal hektisch aufsprang, das Notizbuch in der Hand. Der Campingstuhl kippte um. «Auch in den Tunnel?», rief er. «Sì», antwortete Flavia, «anche in galleria».

Thomas Oberholzer, 11:20

Filz hatte vorhin ziemlich schlecht ausgesehen. Wie ein geschlachtetes und ausgeblutetes Tier hatte er in Frankies Armen gelegen, halbgeschlossene Lider, baumelnde Arme und Beine, komplett spannungslos. Tonino war den beiden vorausgeeilt, hatte fuchtelnd und winkend die wenigen Arbeiter weggescheucht, die ihnen auf dem Weg vom Parkplatz zu seinem Zimmer in der Wohnbaracke begegnet waren, auch die Putzfrau war zur Seite gesprungen, diese schweigsame Ukrainerin mit der zu großen Brille, die sich mit Absicht hässlich machte, wie Oberholzer neulich in der Kantine vernommen hatte, damit sie von den Männern in Ruhe gelassen würde.

Oberholzers Laune hatte sich nicht gebessert, im

Gegenteil, seine Gedanken verfinsterten sich minütlich, selbst die Abbildungen des Orionnebels verzückten ihn nicht, sondern erinnerten ihn an einen krebszerfressenen Lungenflügel; er sollte dringend aufhören zu rauchen. Nein, der Orionnebel interessierte ihn heute nicht, neue Sterne entstanden da, sicher doch. Die zeitliche Dimension des Universums schien ihm absurder als sonst; zwei Wochen noch, dann musste er entschieden haben, wie er weitermachen wollte. Zäsur, das Wort hatte sich ihm heute früh ins Gehirn geschlichen, als er vor der Restbetonwaschanlage gestanden und zugeschaut hatte, wie der Dreck vom Kies geschieden wurde. Zäsur. Den *Focus* voll packen und auf eine neue Baustelle fahren, weit weg von Cottbus, viel weiter weg noch, als der Gotthard es schon war, in die Emirate vielleicht. Kam man mit dem Auto bis in die Emirate? Wahrscheinlich schon, eigentlich kam man mit dem Auto überall hin, er könnte sich ja irgendwo einschiffen. Meine Güte, Filzens kindliches Gemüt müsste man haben. Mit einer Leichtigkeit durchs Leben zwitschern und überall ein wenig kosten, hier und da, wie ein Kolibri den Nektar. Wie der mit Frauen umging! Nicht, dass Oberholzer ihn beneiden würde, oder vielleicht nur ein bisschen, es war ja auch etwas unwürdig, wie Filz über Frauen sprach, er mochte gar nicht daran denken, über Mônicas schwere Brüste zum Beispiel, aber irgendwie schienen die Frauen ihn zu mögen, den vorwitzigen flinken Filz. Wo er auch auftauchte, kicherten sie los und neckten ihn, *ma che carino, guarda il nostro tesoro, il macchinista Roberto!* Vielleicht machten sie sich auch nur über ihn lustig. Aber offenbar war er vertrauenserweckend, wie sonst ließe sich die Geschichte erklären, die Filz eines Abends vor der Kantine zum besten gegeben hatte, es war schon dunkel gewesen, die Scheinwerfer hatten die aufeinander gestapelten weißen Leitstellen-Bürocontainer und den Kies-Siloturm, den riesig hohen, in ein entrücktes Licht versetzt, dazu die düsteren Berge zu beiden Seiten. Sie hatten zu dritt draußen gesessen, Filz, Oberholzer und einer der Lokführer, ein Ruedi aus der Ostschweiz, ein verträumter Mensch. Das erste Mal, als er zu Mônica gegangen sei, erzählte Filz nämlich, habe sie im Hochsommer mit nackten Beinen draußen vor dem *Alabama* an der Wand gelehnt, die bloßen Füße in silbernen Sandalettchen. Er sei mit ihr aufs Zimmer gegangen und da habe sie als Erstes ihren kurzen Rock abgestreift, sich auf den Stuhl gesetzt und zu seiner Überraschung schwarze Strapse angezogen. Nicht dass ihn Strapse stören würden, nein, sie machten ihn ganz schön heiß, aber warum sie das tat, sei ihm unerklärlich gewesen. Beim zweiten und beim dritten Mal dann dasselbe Ritual, Rock aus, Strapse an. Erst die Woche danach, als er schon fast darauf gelauert habe, habe sie auf die Strapse verzichtet. Warum ziehst du sie nicht an?, habe er Mônica gefragt und auf die über dem Stuhl hängenden Nylonstrümpfe gezeigt. Weil ich deine Haut jetzt auf meiner Haut ertragen kann, habe sie gesagt, weil du kein Fremder mehr bist.

Oberholzer kannte Mônica natürlich vom Sehen. Jeder kannte Mônica, schon wegen Filz. Aber er selber war noch nie zu einer Prostituierten gegangen, auch wenn ihm seine Frau das nicht glauben mochte. Das behauptet doch jeder, sagte sie immer. Oder kennst du einen einzigen Mann, der zugibt, zu einer *Nutte* zu gehen? Und dann fragte sie peinlicherweise bei den Kleingartennachbarn rum, Männern, die mit Holzstöcken in stinkenden Brennnesselaufgüssen rührten oder auf einer Leiter stehend die Thujahecken stutzten, und natürlich schüttelte jeder von ihnen den Kopf und sagte, nein, ich doch nicht. Statistisch unmöglich, die lügen, triumphierte seine Frau, als ob Statistik etwas mit ihm zu tun hätte.

Oberholzer trat aus seinem Zimmer in den Flur. Toninos Tür stand offen, Stimmen waren zu hören. Der Boden knarrte, wenn man darüber ging, die Holzbaracke war nicht besonders stabil, aber wohnlicher als die Metallbutzen im Containerdorf nebenan. Oberholzer blickte in Toninos Zimmer, sah als Erstes die berüchtigte elektrische Doppelherdplatte, die er auf die Kommode neben dem Waschbecken gestellt hatte, das war eigentlich verboten, nicht nur der Brandgefahr wegen, sondern auch um Geld in die Kantinenkasse zu spülen. *Questa merda costa troppo*, schimpfte Tonino immer und weigerte sich, in der Kantine zu essen. Niemand verpfiff ihn, denn dafür kochte er einfach zu gut, ja eigentlich war das der Grund seiner Beliebtheit, die piemontesischen Gerichte, die er auf den beiden Herdplatten zubereitete, nicht hastig, sondern in aller Ausführlichkeit; Fleisch müsse über Stunden auf kleiner Hitze in Rotwein einköcheln, behauptete er etwa und genoss es, dass die Kumpels um seine Gunst buhlten, bei ihm im Zimmer mitessen zu dürfen, auf der Bettkante sitzend, den blauen Emailleteller auf dem Schoß. Heute allerdings lag Filz auf dem Bett, Frankie und Tonino standen vor ihm, während er jammerte, er wolle nach Hause, ob man ihn nach Hause bringen könne, bitte schön. «Certo», antwortete Tonino und stellte Filzens Arbeitsschuhe vor das Bett, «wenn du kannst selber gehen».

Als Oberholzer Filz derart bedürftig und kleinlaut in seinen Kindersocken mit Elefantenmotiv liegen sah, so gar nicht frech und keck und spritzig, da wurde er schlagartig aufgeregt, ein wenig kurzatmig sogar, er spürte eine Wärmewelle durch seinen Körper kräuseln, eine tiefe innere Hitze war das, seine Haut glühte und wurde wahrscheinlich auch rot. Ihm war, als ob er aus dem Nichts heraus in einen persönlichen Wettstreit mit Filz getreten sei, als ob er gleich etwas tun würde, was eigentlich Filz zustand, heimlich und schnell; er wusste, er würde es heute zum ersten Mal wagen, eine Art verspätete Mannwerdung mit gut fünfzig Jahren, dem gehässigen Statistik-Gefasel seiner Frau nicht zum Trotz, sondern um ihr seine neu gewonnene Autonomie ins Gesicht schleudern zu können: ja klar, ich auch.

Was tat man vorher? Sich waschen, Aftershave auftragen, Zähne putzen. Und sonst? War er als Mann eine Zumutung für eine Hure? Oberholzer eilte in sein Zimmer zurück, betrachtete sein Gesicht im Spiegel, der über dem Waschbecken hing; hager sah er aus, die Brille ließ ihn ein wenig älter wirken, als er war. Was machte man mit einer Brille im Puff? Abnehmen und auf das Nachttischchen legen? War das nicht viel zu intim? Und gab es überhaupt Nachttischchen an solchen Orten? Er hatte keine Ahnung.

Dora Polli-Müller, 11:35

Gut, dass Dora Müller den *Schockgeber* in sich trägt, dachte Dora Polli-Müller. Das Wort *Schockgeber* war ihr angenehmer als *Defibrillator*, weil sie es aussprechen konnte, ohne zu zögern oder sich zu verhaspeln, zudem fand sie, dass es irgendwie zu ihr passte, es klang so feurig, so dynamisch. Wenn sie aufgeregt war – und heute war sie aufgeregt –, bot er ihr eine Sicherheit, falls das Kammerflimmern wieder anfangen würde. Nicht dass der Schock, den der *Schockgeber* ihr versetzte, angenehm wäre, sie spürte den elektrischen Schlag durchaus, wenn ihr Herz in Unordnung geriet, aber es war, als ob Gott mit langer Hand in ihrem Inneren herumzündeln würde, damit sie noch nicht zu ihm *heimkehren* musste, was sie als großzügig und beruhigend empfand.

Wo Aldo schon wieder war? Sie hatte sein Leben überhaupt nicht mehr unter Kontrolle. Früher, als sie Kantinenchefin gewesen war, hatte sie alles unter Kontrolle gehabt, Aldo sowieso. Er hatte sie verehrt. Und nicht nur er! Doch jetzt? Ob er wohl eine Freundin hatte? Eine dieser Brasilianerinnen, die das Tal verrückt machten mit ihren langen Beinen und aufgepumpten Brüsten? Von der einen, einer ganz besonders Drallen, hieß es, sie habe einen Wirt geheiratet, ihm aber verschwiegen, dass sie in Südamerika drüben Kinder habe, und zack, plötzlich hätten sie dagestanden mit ihren bunten Plastiktäschchen, zwei halbwüchsige Töchter, bildhübsch und voller Lebenslust, die selbstverständlich pure Männerlust war.

Aldo war ihr ein Rätsel, ja ihr eigener Mann war ihr ein Rätsel. Dass er bei der neuen Tunnelbaustelle nicht mit ins Boot gesprungen war und sich dort einen Job ergattert hatte, verstand sie zum Beispiel nicht. Als die Bauarbeiten begonnen hatten, war er erst sechsundfünfzig gewesen, da hätte er doch noch etwas tun können! Sie hatte schließlich die ersten Jahre auch wieder gearbeitet, zwar nicht mehr als Kantinenchefin wie damals beim Straßentunnel, aber immerhin. Doch nein, er hatte sich *partout* geweigert. Dora Polli-Müller liebte französische Wörter, die man in die schweizerdeutschen Sätze einstreuen könnte, das tat man in ihrem Heimatdorf häufig, *à la bonne heure* zum Beispiel. Die Schweiz ist halt schon immer weltläufig gewesen, dachte sie stolz. Wenn ihr jemand auf die Nerven ging, sagte sie *il y a des limites*, drehte sich um und ging, das machte Eindruck. Viel mehr als die drei Ausdrücke kannte sie allerdings nicht, gelegentlich rutschte ihr ein *tant pis* über die Lippen.

War Aldo etwa ein Zuhälter? Kamen davon die Hundertfrankennoten, die er ihr ab und an zusteckte? Dora Polli-Müller nahm den violett gepunkteten Kamm mit den besonders feinen Zinken aus der Schublade und toupierte sich die Haare am Hinterkopf, die wuchsen nicht mehr gar so üppig, leider. Sie spähte aus dem Badezimmerfenster, ja, ihr bezaubernder neuer Freund war noch da, er verstaute gerade den zusammengeklappten Campingstuhl auf der Ladefläche seines Pick-ups; sie musste sich beeilen.

Im Schlafzimmer zog sie eine flache Kiste an zwei Lederschlaufen unter dem Bett hervor, eigentlich ein riesiges Brett auf Rollen, das war ihr Schuhdepot, das Aldo für sie geschreinert hatte, sogar das Bett hatte er dafür aufbocken müssen, damit auch die Stiefelettchen darunter Platz fanden, für die hohen Stiefel hatte er ihr einen zusätzlichen Schuhschrank hinter der Tür gebaut, viele Jahre war das her. Die Schuhkiste rollte ihr nahezu lautlos entgegen, Aldo war handwerklich begabt. Schwarze Pumps mit halbhohem Absatz waren für diese Unternehmung sicher richtig, vielleicht würde sie ja längere Strecken gehen oder sogar rennen müssen, auf jeden Fall war das heute eine ideale Gelegenheit, ihrem Mann hinterherzuspüren. Dora spuckte in die Hände und knetete den warmen Speichel in die Fersen ein, bevor sie in die Schuhe schlüpfte, Spucke mache die Haut geschmeidiger als jede Fußcreme, erklärte sie Flavia mit stoischer Regelmäßigkeit, wenn die mal wieder ihre schiefgetretenen Stiefel samt Wollsocken auszog und die Füße auf den Tisch legte, tief zerfurchte Fersen hatte das Kind, schlimmer als jeder Kerl. Dora Polli-Müller strich den königsblauen Samtrock glatt, den sie vorhin angezogen hatte, und eilte die Treppe hinunter zum Haus hinaus – gerade noch rechtzeitig, sie hörte, wie Fritz Bergundthal den Motor anließ. Ans Gartentor! *Sbrigati* Dora!, dachte sie und spurtete los.

Fritz Bergundthal, 11:45

«Neunzehn», sagte Fritz Bergundthal. «Ja, neunzehn», antwortete Dora Polli-Müller, «fünf kannte ich». «Und hundertneunundneunzig beim ersten Tunnel», sagte er. «Das weiß ich nicht», antwortete sie. «So lautete die offizielle Zahl», sagte Bergundthal, «wahrscheinlich waren es viel mehr».

Dass er die Tunnelbaustelle besichtigen durfte, erregte Bergundthal sehr, seine Gedanken kreisten um die Toten, die Zahlen standen scharf umrissen vor ihm, als ob sie mit schwarzer Tusche in den sonnigen Tessiner Mittagshimmel gepinselt worden wären: 199, 19, 8. Hoffentlich geschah ihm nichts Schlimmes, schon sah er die 9 drohend aufziehen, während die 8 schwankend entschwand; er merkte einmal mehr: Er war ein ängstlicher Mensch. Dass er mit der Mutter jener Frau im Auto saß, die ihn zu diesem Abenteuer eingeladen hatte, brachte ihn ganz durcheinander. Frau Müller, Dora also, war ihm richtiggehend vor den Wagen gehüpft, als er an ihrem Gartentor vorbeigefahren war, selbstverständlich hatte er nicht Nein gesagt, als sie gefragt hatte, ob er sie mit in die Stadt hinunternehmen könne. Bergundthal blickte zu ihr hinüber, Dora wirkte hutzelklein auf dem Beifahrersitz und ziemlich alt. Sie strich ohne Unterlass mit beiden Händen über ihre Knie, ein feines Knistern auf einem matt schimmernden Faltenröcklein aus Samt.

Weshalb war sie so unruhig? Doch hoffentlich nicht seinetwegen; sie hatte heute früh einen gar koketten Eindruck auf ihn gemacht, als sie auf dem Campingstuhl sitzend vor sich hin geplappert hatte, während er fotografierte, halb mädchenhaft, halb verderbt. Jetzt schwieg sie, was gar nicht zu ihr passen wollte; vielleicht staunte sie über ihre eigene Forschheit oder war doch schüchterner als erwartet, ihm war diese plötzliche räumliche

Nähe schließlich auch unangenehm, warum also nicht auch ihr. Bis Biasca benötigten sie fünfzehn Minuten, eine Viertelstunde Schweigen, das war schwer auszuhalten.

«Jemand hat die Barbara geklaut», sagte Dora endlich, «das ist ein ganz böses Omen – wegen der Toten, meine ich.» «Welche Barbara?», fragte Bergundthal, erleichtert, dass es ein Gesprächsthema gab. «Die heilige Barbara, aus der MFS in Faido!» «MFS?», fragte Bergundthal. Dora blickte ihn an, sichtlich verwundert: «Na, die Multifunktionsstelle natürlich». Er bemerkte, dass ihr Lippenstift in die zahllosen Mundfältchen geflossen war, wie rot geschwungene Miniaturkämme sah das aus oder wie eines dieser haarigen kleinen Meerestiere; er verspürte den Impuls, ihr die Lippen mit seinem sorgfältig gefalteten Taschentuch abzutupfen, er hatte gestern noch gebügelt, draußen unter dem Vorzelt, der Kopist hatte nebenan an seinem *Hasenleichnam liegt über Schwanenleichnam* gemalt, es war ein einträchtiger Moment gewesen, zwei arbeitende Männer, hoch konzentriert.

«Warum lebt Flavia eigentlich auf einem Campingplatz?», fragte Bergundthal stattdessen und schaltete in den vierten Gang, neben ihnen rollte eine *RE-10/10*, ein Klassiker im Güterverkehr, der Zug fuhr auf der geraden Strecke schneller als sie, die bunten Cargowagen zogen fröhlich funkelnd an ihnen vorbei. Er spürte, wie er errötete, ein Problem, das ihn seit seiner Kindheit plagte, hoffentlich sah Dora es nicht, sein Interesse an ihrer Tochter war keinesfalls erotischer Natur, auch wenn er mehrmals an Flavias raumgreifenden Gang gedacht hatte, daran, wie nonchalant sie ihre Jeans über den schmutzigen Cowboystiefeln trug, an ihr überbordendes Lachen, an ihren selbstsicheren Blick von hoch oben aus der Fahrerkabine, dieses groß gewachsene knochige Wesen, das so ganz anders war als er, so verstörend fremd – womöglich also doch ein Verlangen. «Ach», winkte Dora ab, «das Chind hät halt än Freihäitstigg, so isch si scho immer gsii.» Dass sie Schweizerdeutsch sprach, merkte sie wohl selber nicht, auch gab es offenbar zu dem Thema nicht mehr zu sagen. Sie kurbelte unvermittelt die Scheibe in kleinen Rucken herunter und reckte den Kopf schräg aus dem Fenster. «Halt!», kreischte sie mit hoher Stimme. «Subito aahalte!» Bergundthal stoppte ohne Widerspruch, das *Freihäitstigg* noch im Ohr. Dora zeigte mit beiden Händen auf ein antiquiertes schwarzes Mofa, das mit laufendem Motor vor einem Einzelhaus neben einer stillgelegten Tankstelle stand, es qualmte rußig. «Da», rief sie, «da isch er drin!» Sie kurbelte die Scheibe hastig wieder hoch und verkroch sich in ihrem Sitz. Beide schwiegen, Dora atmete schwer. *Freihäitstigg*, dachte Bergundthal; welch schönes Wort. Er wiederholte es in Gedanken immer wieder.

Tonino (di Torino), 12:00

Wahnsinn, das hier war alles der Wahnsinn. Filz lag auf dem Bett und schlief, Tonino hatte Zeit, sich umzuschauen. Er hatte einen normalen Bauarbeiterhaushalt erwartet, leere Bierflaschen in Plastiktüten, Raviolidosen auf einem Holzregal, aufgerissene Suppenbeutel und vertrocknete Käseecken, von übergelaufener Milch verkrustete Herdplatten, Kleider über der Lehne des einzigen Stuhls, vielleicht eine Kartonkiste für die Schmutzwäsche im Flur. Stattdessen das hier. Aber klar, Filz war ja Konditor gewesen. Wahrscheinlich musste man in einer Backstube perfekt organisiert sein, jedes Ding auf seinem Platz, sofort griffbereit, hygienisch verpackt.

Die Wohnung war nicht groß, nur ein Zimmer, dazu eine Küche, ein Bad mit Wanne, ein überdimensional breiter Flur. Schon der war bemerkenswert, pfirsichfarben gestrichen, Holzkuben an einer Längswand gestapelt, mit Lücken dazwischen, wie Bauklötze, die sich munter türmten; darin hatte Filz offenbar sein gesamtes Hab und Gut verstaut, wohlsortiert, in den unteren Würfeln Stiefel und Schuhe, in den mittleren die Kleider, es gab einen Würfel für die Bettwäsche und einen für die Handtücher, in einem lagen eine Kamera und zwei Objektive, daneben Schachteln aus Holz, Kinderschatzkästchen gleich, dann eine Vase mit Plastikblumenstrauß, keine Bücher, kein weiterer Krimskrams.

Die Sensation für Tonino aber war das Teleskop. Vielleicht war es auch ein ausziehbares Fernrohr, er kannte den Unterschied nicht so genau. Auf alle Fälle steckte es auf einem Stativ mitten im Zimmer, drei Schritte vom Fenster entfernt. Filz, das wurde Tonino schlagartig klar, als er in dem wie von geschickter Frauenhand gestalteten Raum stand, Filz war ein Voyeur, *un guardone*. Tonino ließ sich in einen der beiden Sessel fallen, die neben einem ovalen Couchtischlein standen, er war weich und sehr tief, mit Blumenmuster und alles andere als mächtig, daneben eine Stehlampe mit geblumtem Schirm, dasselbe Muster.

Sollte er durch das Fernrohr schauen? Natürlich wusste er, worauf es gerichtet war, er hatte ja gesehen, wo das alte Haus mit den kleinen Wohnungen stand, nämlich dem *Alabama* gegenüber. Filz seufzte im Schlaf; eigenartiger Junge, dachte Tonino. Vorhin, als Frankie und er ihn zum Auto geführt hatten, waren sie Flavia begegnet. Was hatte Filz da gemurmelt? Er habe die heilige Barbara im Seidenhemd gesehen? Flavia hatte gelacht und gesagt: Na, lieber die Barbara als mich. Tonino hatte Flavia mit diskretem Wohlgefallen betrachtet, wie immer. Er war nie ganz locker in ihrer Nähe, achtete darauf, sie nicht anzustarren, nicht nach Hinweisen zu suchen, nach denen er schon tausendmal gesucht hatte. Früher, zu Säuferzeiten, hatte er einfach ein Bier gekippt, wenn der Verdacht ihn wieder einmal zu überrollen drohte, *madre mia*, was waren sie jung gewesen damals, Aldo, Vico und er. Und Dora natürlich. Dora, dieses leichtsinnige, wunderbar übersteigerte Geschöpf mit der aufreizenden Figur, das ihnen allen die Gedanken zugekleistert hatte, eine Lichtgestalt, die man in der Kantine anglotzen ging, wenn man dem dröhnenden Dunkel des Tunnels entkommen war wie ein aus der Erde kriechender Wurm, weißhäutig und fahl, er wusste noch, es war, als ob sie erstrahlen würde, seine Augen mussten sich erst an das Tageslicht gewöhnen, der Körper mit der Temperatur klarkommen, man vergaß ja während der Schicht ganz, wo man war, in welchem Berg, in welchem Land, zu welcher Tageszeit, immer diese Wechsel zwischen der Schwärze und Gluthitze innen, der Feuchtigkeit und dem brüllenden Lärm, dem Gestank nach Staub und Dynamit, dann raus in jene Welt, die für andere Menschen die einzig normale war, manchmal war da draußen Sommer und Tag, und alles war gut, manchmal war da draußen Winter und Nacht, und es war die reinste Hölle, Temperaturunterschiede von fünfundvierzig Grad, jeden Tag dieser Irrsinn, raus und rein, drin war Dora eine zuckersüße Phantasie, die nur darauf wartete, wieder Realität zu werden. Am besten nicht mehr dran denken, Dora vergessen, Vico und Aldo vergessen, den Mai 1975 vergessen. Und das Baby Flavia, dieses kleine flauschige Ding, das Dora später mit sich herumgetragen hatte, das hinter dem Buffet in seinem

Kinderwagen schlief, während sie die zotigen Sprüche parierte, die ihr wegen der milchprallen Brüste entgegenflogen, Mutterschaft war nicht heilig hier. Um Flavias willen war er überhaupt ins Tessin zurückgekehrt, um zu sehen, was aus ihr geworden war, auch wenn er das niemandem gesagt hatte, natürlich nicht, schon gar nicht seiner zweiten Frau, sie war ein misstrauischer Charakter. Er hätte auf anderen Baustellen Arbeit finden können, es war ein Risiko gewesen, ein Spiel mit dem Feuer, vor allem Aldo zu begegnen hatte ihn beunruhigt, aber da der jahrzehntelang nichts von sich hatte hören lassen, ging Tonino davon aus, dass sie es beide beim Schweigen belassen würden. Wenn er in einem Fernsehfilm einen Verbrecher sah, der zum Tatort zurückkehrte, stockte ihm immer der Atem, Dummkopf, dachte er dann, lass es bleiben, lass die Dinge ruhen.

Tonino stand auf, ging zum Teleskop und schaute durch. «Ma guarda!», rief er. Filz regte sich auf dem Bett. «Was ist denn?», fragte er. «Non ci credo!», ätzte Tonino weiter; er war fassungslos. Ein hauchdünner weißer Vorhang machte ihm die klare Sicht unmöglich, aber er sah dennoch genug, sah Mônica von hinten, wie sie am Boden kniete, den Kopf zwischen den weit geöffneten Beinen eines Mannes, der seine Hose noch trug, aber ohne Hemd in einem Sessel saß, mit schlankem nacktem Oberkörper, den Kopf in den Nacken gelegt. Es war, Tonino war sich ganz sicher, Oberholzer, der sich da bedienen ließ, mit leicht geöffnetem Mund. Der anständige Oberholzer, der nicht einmal in die Bars mitging, der nachmittags lieber auf seinem Zimmer hockte und unverständliche Bücher studierte, als mit den anderen unter den Sonnenschirmen vor der Kantine abzuhängen, der alle zehn Tage genauso artig zu seiner Frau nach Hause raste wie er selbst – Oberholzer also war ein Puffgänger. «È Oberholzer», sagte Tonino. «No!», rief Filz. Tonino fühlte sich schlecht, als ob er ein pubertierender Zuschauer in einem verbotenen Stummfilmkino wäre. Dass diese Handlungen tonlos vonstattengingen, war das Irritierende; Mônicas Kopfbewegungen, rhythmisch, keinesfalls hektisch, sondern fast träge, wahrscheinlich war genau diese Ruhe ihr Geheimnis, es sah aus, als ob sie höchst konzentriert bei der Sache wäre, mehr in die Tiefe ginge, als er es kannte, nicht von seiner Frau, sie näherten sich einander schon lange nicht mehr, auch nicht von Huren, zu denen ging er nicht, nein, es war eine Erinnerung an früher, an eine Zeit, als er noch einen männlichen Glanz hatte, an die Jahre mit Simonetta, auch ein wenig an Dora. Oberholzer umfasste Mônicas Kopf mit beiden Händen, sie ließ es zu, was Tonino verwunderte, dann schob Oberholzer sie von sich weg. Sie stand auf und ging zum Stuhl. «Was machen sie?», fragte Filz. «Molto strano», sagte Tonino, der Rücken tat ihm bald weh wegen der gekrümmten Haltung, das Fernrohr war zu niedrig eingestellt für ihn.

«Was denn?», fragte Filz. «Sie zieht Rock aus und Strümpfe an», antwortete Tonino. «Ah, sehr gut», sagte Filz, «sie mag ihn nicht.»

Mônica das Neves Teixeira, 12:10

Sein Rücken war haarlos. Nicht rasiert, sondern von Natur aus haarlos. Sie sah das. Sie sah alles. Jetzt allerdings spürte sie es. Sie strich ihm mit den Fingern über das Rückgrat, vom Nacken bis zum Steißbein hinunter, Wirbel für Wirbel, er fühlte sich gut an. Ihr schien, als ob sie sein Skelett sehen könnte, das war etwas, das sie sich manchmal währenddessen vorstellte, die Skelette der Männer und wie sie sich bewegten, es faszinierte sie, dass die Knochengerüste sich alle ähnlich waren, hart, klar umrissen und elfenbeinfarben, und wie anders das aussah, was als Fleisch an ihnen klebte und sich um sie herumlegte, Organe und Muskeln und Fett, diese ganze weiche Masse, die den Mann gestaltete. Wenn sie besonders dicke Kunden hatte, unharmonische, manche waren ja geradezu deformiert, dann holte sie das Skelett zu Hilfe, schälte gedanklich den Kern der Männer heraus, um wenigstens ein bisschen Gefallen zu finden an ihnen und die langen Minuten zu überstehen, die es dauerte, bis sie kamen.

Dieser hier war nicht unangenehm, er war schlank,

er war nüchtern, er war sauber, sie hatte ihn nicht einmal unter die Dusche schicken müssen, Bauarbeiter verwies sie öfter unter die Dusche, manche kamen direkt aus dem Tunnel zu ihr. Seine anfängliche Unbeholfenheit hatte sie gerührt, das kannte sie nur von Halbwüchsigen, diese linkische Verlegenheit der Anfänger. Sie hatte ihm Anweisungen geben müssen, so viel Deutsch konnte sie mittlerweile, auch wenn ihr Italienisch leichter fiel, wie heißt du, das Geld hätte ich gerne vorher, eine Stellung 100, zwei Stellungen 130, deine Brille kannst du neben die Lampe legen, zieh das Hemd aus, aber lass die Hose noch an. Es gab kaum Männer über fünfzig, die zum ersten Mal zu einer Hure gingen, entweder sie waren Hurenliebhaber oder sie waren Hurenignoranten, lebenslang.

Er wurde schneller, er wurde lauter, sie ging mit, passte sich ihm an, sie spürte seinen Atem in ihrem Nacken, dann seine Zähne an ihrem Hals, sie ließ ihn gewähren, seufzte sogar leise und drehte den Kopf zur Seite, bot sich ihm an, Angst hatte sie nicht, er war keiner von der brutalen Sorte, und man musste den Männern das Gefühl geben, dass es einem selbst gut ginge dabei, dass sie einen glücklich machten, das war natürlich nicht ihr alleiniges Geheimnis, aber es war ihre Stärke, ihr Talent, Konzentration und täuschend echte Hingabe, deswegen kamen sie zu ihr, sie war begehrt im Tal, obwohl älter als viele der anderen Frauen und körperlich weniger wohlgeraten. Sein Rücken war wirklich sehr glatt, nun auch noch nassgeschwitzt, er war sicherlich keiner von denen, die sich an Wänden oder Türrahmen rieben, wenn die vom Schweiß verklebten Rückenhaare juckten, so wie der kleine Roberto das von den anderen Tunnelbauern geschildert hatte, überall Männer, die an den Felswänden entlangschlichen, manche gab es, denen machten die Ehefrauen alle paar Wochen die Haare weg, zupften, wachsten oder cremten, andere ließen den Pelz stehen und schabten sich dann wund.

Mônica war froh, dass Roberto heute nicht zuschaute, dass sie diesen verschüchterten Deutschen, der schwer atmend auf ihr lag, nicht seinen Blicken ausliefern musste, auch wenn es sie meistens nicht störte, dass er sie von drüben beobachtete; keiner ihrer Kunden wusste davon. Sie kannte seinen Schichtplan recht genau, ihr regelmäßigster Freier immerhin, jetzt war er wahrscheinlich im Tunnel unten. Manchmal zog sie die dünnen weißen Vorhänge zu, damit er nur einen Schimmer zu sehen bekam, manchmal auch die schweren rosafarbenen, meist, wenn sie nicht arbeitete, wenn sie mit ihrer Mutter telefonierte oder in Heftchen blätterte, das Wandschränkchen mit ihren Herzensgegenständen abstaubte, sich die Nägel lackierte, bügelte oder einfach nur schlief, zu viel Intimität für Roberto; dann war ihr Zimmer von der Außenwelt abgeschirmt, und sie fühlte sich ganz so, als ob sie noch zu Hause wäre. Auch Hendrik ahnte nicht, was Roberto da trieb, man sah das Fernrohr von der Straße aus nicht, Mônica hatte erst Verdacht geschöpft, nachdem Roberto sich an einem späten Nachmittag verplappert hatte, er sie nach dem Goldfisch in dem runden Glas fragte, den einer ihrer Kunden bei einem Wurfspiel auf dem Markt von Luino gewonnen und ihr geschenkt hatte und der später von ihrer Freundin Henrietta abgeholt worden war, weil die ein Aquarium besaß und sie selber mit Fischen nichts anzufangen wusste, das Tier aber nicht einfach der Kanalisation überlassen wollte. Hendrik würde Roberto grün und blau prügeln, wenn er von dessen Spannerei erführe. Hendriks Wut durfte nie geschürt werden, unter keinen Umständen, darum deckte sie den Kleinen, eben weil er so klein und niedlich war, so übereifrig und aufgeregt jung und weil er niemandem etwas Böses wollte. Sie war eine Freundin von Geheimnissen, Geheimnisse übertünchten die Ödnis des Alltags; sie und Roberto teilten nun eines, obwohl sie kein einziges Mal darüber gesprochen hatten, sie nur von einem ihrer Kunden, einem Jäger, kurz den Feldstecher benutzt, zu Robertos Wohnung hinübergeschaut und das Fernrohr auf dem Stativ entdeckt hatte, während der Jäger sich in der engen Dusche das Massageöl vom Leibe wusch, damit die Ehefrau nichts roch; Mônica hatte ein Öl im Programm, das sie bei Verheirateten benutzte, es war nahezu duftlos, nicht dass die Männer sich später Bier über die Kleidung schütten mussten, damit sie nicht nach Sex stanken, sondern nach Kneipe, eine gängige Methode.

Warum dieser Deutsche wohl bei ihr war, einen Grund würde es ja geben, einen gewichtigen wahrscheinlich, der musste sich ablenken von irgendetwas. Einmal hatte sie einen Neuling gehabt, dessen Mutter am Vormittag gestorben war, sie hatte ihm Trost spenden wollen, sich aber auch gefühlt, als ob sie etwas abgrundtief Verbotenes beginge, als ob der Mann nicht sie, sondern seine eigene Mutter meinte, mit seiner Mutter schlafen oder – schlimmer noch – ihren Leichnam schänden wollte, etwas hatte nicht gestimmt mit dem, aber er hatte keine fünfzehn Minuten gebraucht, das war ein Glück bei ihrer Arbeit, auch die übelsten Situationen dauerten nicht allzu lange.

Sein Atem ging schneller als vorhin, sein Körper war gespannter, dennoch spürte sie seine Zurückhaltung, irgendwie verhalten schien er, das war keiner, der sich vergaß, obwohl er tief in ihr drin war und sich nur hinzugeben bräuchte, einfach zu denken aufhören müsste, ganz Rhythmus sein, Rhythmus und Gefühl. Sie griff mit beiden Händen an sein Gesäß, mit Bestimmtheit, nicht zart, sie zog ihn an sich, schob ihn weg, zog ihn an sich, immer fester, er stöhnte, sie stöhnte mit. Jeder Mann braucht einen Fluchtpunkt, dachte Mônica, weil Frauen nämlich in voller Überheblichkeit behaupteten,

Männer zu verstehen, wirklich zu verstehen. Das war der weltumspannende Irrtum der Frau, zu glauben, sie kenne den Mann besser als er sich selbst. So blieb ihm nur die Flucht ins Geheimnis, ein Geheimnis, wie sie eines war und Millionen andere Huren auch. Das war etwas, das ihr gefiel, diese Verschworenheit mit den Männern, so wie mit diesem hier, er sollte sie in guter Erinnerung behalten, vielleicht würde er ja wiederkommen.

«Langsam», flüsterte sie, und schob ihn von sich, nur kurz und nur ein wenig, der Rhythmus musste unterbrochen werden, das war wichtig, ein Moment des Innehaltens, der Verzögerung, ein Blick in die Augen, eine Beziehung herstellen, um dann zu seufzen, «ja, mach weiter», was ihn antrieb und schließlich explodieren ließ.

Aldo Polli, 12:17

Er war schneller als manches Auto, viel schneller sogar, er zog einfach rechts an ihnen vorbei, manchmal sogar links, das war das Allertollste. Das ging natürlich nur bergabwärts, aber es war auch schon bergaufwärts vorgekommen, am leichtesten klappte es in einer Kurve. Gerade die Nordländer hatten keine Ahnung vom Kurvenfahren, die Haarnadelkurven machten sie fix und fertig, am schlimmsten waren die Holländer, deren

Wagen schaukelten, als ob sie eine volleingerichtete Wohnzimmerecke vor sich her bugsieren würden, aber auch unter den Deutschen gab es viele Versager, sie schalteten kaum und bremsten abrupt, kein Wunder, dass man dann würgende Menschen am Straßenrand sah, Kinder meist, aber auch Frauen, selber schuld, wenn sie sich mit einem Leben auf dem Beifahrersitz begnügten, da wurde einem halt schlecht. Unabhängig musste man bleiben, das war das Wichtigste, so wie er mit seinem Mofa oder wie Flavia, die alles allein konnte, wirklich alles, die selbst vor Dora keinen Respekt hatte. Er hatte auch vor nichts Respekt, außer vor Dora.

Was machte denn der Trottel da vorne, den nahm er jetzt von links, ach, wäre er Automobilist, er würde die Kurven mit nie gesehener Eleganz schneiden, Kurvenschneidetechnik war das A und O des Autofahrens. Aldo beugte sich noch ein Stück tiefer, beinah berührte sein Kinnschutz den Lenker; würde er den Helm nicht tragen, könnte er den Wind in den Haaren spüren, aber auch so war das schön, er klappte das Visier ein Stück hoch, es hielt der Geschwindigkeit stand, pfeifende Geräusche überall, seine Augen begannen zu tränen, er sah alles verschwommen, seine ganze Welt verschwamm, er überholte den Wagen und sauste weiter auf der Geraden, nichts mehr vor ihm, welch Hochgefühl, er lag gut in der Zeit, die Kunden waren zufrieden, ein Einziger wartete noch in Biasca unten, herrlich, Fahrtwind, Fahrtwind.

Thomas Oberholzer, 12:19

Wenn sie sich begegneten, küssten sie sich. Oder übermittelten einander Botschaften. Sie marschierten nicht in der Fuge zwischen den Fliesen, sondern auf dem gewölbten Fliesenrand, die einen links, die anderen rechts, von oben nach unten und von unten nach oben, schwarze Punkte auf honiggelbem Untergrund. Es war nicht so, dass jene Ameisen, die nach unten gingen, rechts wären, und jene nach oben links oder umgekehrt, nein, das alles schien ohne System zu funktionieren, mal so, mal so. System war nur, dass ihre Köpfe sich berührten, wenn sie einander begegneten, eine knappe Sekunde lang. Um diesen Körperkontakt herstellen zu können, überquerten sie sogar die Fuge. Wurde eine von einer anderen von hinten überholt, ging das jedoch ohne Berührung vonstatten. Neben einem Fugenmassenkrümel klebte eine tote Ameise, wahrscheinlich in einem Wasserspritzer ertrunken. Sie wurde weder gestreift noch angetippt, alle zogen schnurstracks an ihr vorbei, offenbar ohne Aufhebens. Ob man sie noch abtransportieren würde? Oder sie einfach liegen ließ, bis sie von der Wand fiel? Der Anfang der Ameisenstraße befand sich hinter der Duscharmatur. Oberholzer konnte nicht erkennen, dass die Armatur lose wäre, es musste eine winzige Öffnung sein, die den Durchschlupf bot; was sich dahinter verbarg, mochte er sich nicht vorstellen. Er griff nach dem Handtuch auf dem Plastikhocker. Mônica hüstelte nebenan. Er sollte sich wohl beeilen, das wollte er aber nicht, die Beengtheit der Duschkabine besänftigte ihn. Die Ameisen verrichteten ihr undurchsichtiges Tun ohne Unterlass, eilten die Wand hinauf und hinab, keine schleppte etwas; einmal machte eine kehrt. Er rieb sich sorgfältig trocken, erst die Arme und den Oberkörper, dann die Beine, das linke zuerst, auch die Stellen zwischen den Zehen ließ er nicht aus. Mônica hüstelte wieder. Er trocknete mit dem Tuch seine Geschlechtsteile, die schlaff und feucht in seiner linken Hand lagen, vertraut wie sonst nichts auf der Welt. Seine Frau schlief immer mit der Hand zwischen den Beinen, diese unschuldige Selbstvergewisserung rührte ihn an ihr. Eine besonders dreiste Ameise rempelte eine andere an, von hinten, richtiggehend aufsässig war die. Die vordere erhöhte das Tempo, die hintere ebenfalls, bedrängte sie weiter. Oberholzer spürte, wie neuerliche Erregung ihn zu überkommen drohte. Er umschlang die Hüften mit dem Tuch, versuchte zu verbergen, was nur schlecht zu verbergen war. Schließlich öffnete er den Plastikvorhang, der die Duschecke von dem jämmerlich armseligen Zimmer abtrennte, das er vorhin kaum wahrgenommen hatte. Mônica blickte ihn an, die Augenbrauen hochgezogen, aufmerksam. Er fühlte sich zutiefst beschämt, so peinlich berührt, wie seit Jahren nicht mehr. Dann ließ er das Badetuch zu Boden gleiten und trat ihr entgegen.

Flavia Polli, 12:22

Die Sonne schien ihr ins Gesicht. Sie schloss die Augen, die Lastwagentür stand weit offen, Tozzis Stimme erklang aus dem Inneren: ... *ma tremo, davanti al tuo seno. Ti odio e ti amo...* Kein guter Sound, ein wenig verzerrt und metallisch scheppernd. Das war nicht schlimm, Baustellenradios dienten nur der Einsamkeitsübertünchung, etwas Menschliches zwischen all den Maschinengeräuschen, niemand hörte wirklich zu. Bald würde *il Signor Bergundthal* zu Besuch kommen, Flavia blickte auf die Armbanduhr, noch blieb ihr Zeit für ein kleines Mittagessen in der Kantine. Sie schnippte den glühenden Zigarettenstummel in den Sand, erhob sich von der umgedrehten Bierkiste, auf der sie an den Vorderreifen gelehnt gesessen hatte, und kletterte ins Führerhaus. ... *E dammi il tuo vino leggero. Che hai fatto quando non c'ero...* Der Gesang wurde von Hubschraubergeknatter übertönt, Flavia schaute hoch, Duttwylers Umzug schien nicht enden zu wollen, was hatten die bloß alles auf dieser Alp gelagert. Dieses Mal wurden Skier transportiert, vielleicht auch Holzlatten oder Metallschienen, schmale, lange Gegenstände auf jeden Fall. Der Hubschrauber flog talabwärts, das Transportseil schräg nach hinten gespannt. Dann, urplötzlich, Flavia hatte gar keine Zeit sich zu wundern, sondern sah einfach nur zu, löste sich ein einzelnes Teil aus der Ladung, hing erst schief in dem

Bündel und fiel dann ab, ein Ruder vielleicht, nein, ein Doppelpaddel war es, sie konnte es gut erkennen, das Paddel drehte sich um die eigene Achse, drehte sich immer schneller, wie das Flügelnüsschen eines Ahornbaums, schwebend und rotierend zugleich.

Robert Filz, 12:23

Unmittelbar nach dem Knall fiel Oberholzer die heilige Barbara vor die Füße. Sie zerbarst, Filz konnte erkennen, wie ihr Kopf über den Fußboden kullerte; der Oberkörper blieb intakt, aber vom Unterleib getrennt, die Hände zum Gebet gefaltet. Oberholzer machte einen ziemlich dämlichen Eindruck, dachte Filz, so ganz nackt und erschrocken mitten im Raum. Gut, dass er vorhin Tonino aus der Wohnung gescheucht hatte, der war ja kaum vom Fernrohr loszueisen gewesen; jetzt hatte er wieder den alleinigen Blick auf die Dinge, die drüben geschahen, wenigstens etwas, wenn er schon nicht einordnen konnte, woher dieser Wahnsinnsknall und die Erschütterung rührten, eine Explosion vielleicht. Die Tür des Wandschränkchens schwang hin und her, Filz hatte immer schon wissen wollen, was sich dahinter verbarg. Auf die Barbara wäre er nie gekommen.

Aldo Polli, 12:23

*luce blu ma chi gira tutto gli occhi di Vico rotondi aperti chi grida io grido sono io che grido non è lui che grida troppi fiori in galleria tutto buio così buio adesso invece tutto in celeste che colori luminosi morto per colpa sua nonna aiutami giro giro tondo ammazzato un incidente colpa mia la bambina è mia veloce era la sua Dora no Dora veloce**

Tonino (di Torino), 12:23

Er kreischte, als ihm die schwarze Kugel aus dem Himmel in die Hände fiel. Kreischte wie ein Mädchen, dem ein dichtbehaartes Spinnentier über den bloßen Zeh krabbelte, kreischte wie eine jener storchenbeinigen Assistentinnen in den italienischen Fernsehshows, die so plastifiziert und hyperfeminin über die Bühne staksten, dass sie als Transvestitenparodie hätten durchgehen können; er kreischte schrill, laut und anhaltend. So laut, dass jeder es hören musste, Filz in seiner Wohnung oben, Oberholzer im Puff drüben, jeder hier, Freier,

* *Licht blau aber wer dreht sich Vicos Augen rund offen wer schreit ich schreie ich bin es der schreit nicht er schreit zu viele Blumen im Tunnel alles dunkel so dunkel jetzt aber alles in Hellblau was für leuchtende Farben tot seine Schuld Großmutter hilf mir alles alles dreht sich erschlage ein Unfall meine Schuld das Mädchen ist meines schnell es war seins Dora nein Dora schnell*

Huren, Nachbarn. Tonino begriff in der Sekunde, in der er Aldos Helm samt Kopf in beiden Händen hielt, dass alles vorbei war. Nicht nur Aldos Leben, sondern einfach alles. *Tutto finito. Finito per sempre.* Er erkannte in Aldos aufgerissenen Augen Vicos aufgerissene Augen, sah Vicos leblosen, schlaffen Körper, der in der Felsspalte zusammenzusacken drohte, in die sie ihn gepackt hatten, beide urplötzlich ausgenüchtert, als ob sich der Alkohol vor lauter Angst einfach verflüchtigt hätte, vermischt mit der stickig heißen, feuchten Luft im tiefschwarzen Tunnelloch, er sah, wie sie ihn an die Wand stellten, Aldo ihn an den Schultern festhielt und er das Armierungsnetz über Vico ausrollte, bevor sie damit begannen, ihn zu verputzen, den totgeschlagenen Vico einfach mit frischem Beton verputzten, wie sie an den Füßen anfingen und sich stetig hocharbeiteten, so dass er lückenlos einbetoniert war in seiner Felsspalte, dieser deprimierend gutaussehende, hochgewachsene junge Sizilianer, aufrecht stehend wie die Toten in den Katakomben von Palermo, eine von Tausenden Dellen unter dem Spritzbeton, für die Ewigkeit im Gotthardstraßentunnel einbetoniert, versteckt hinter der glatten Verschalung, die den Autofahrern vorgaukelte, dass hinter ihr nur makellos gesprengter Fels läge, ein Vico-Grab, das niemals gefunden würde, tief drin bei Kilometer 11,3. In den wenigen Sekunden, in denen er den Helm mit Aldos Kopf in seinen Armen hielt, ihn erst an sich drückte, das warme, aus dem Hals quellende Blut auf sich spürte, ihn dann mit einer durch das Entsetzen gesteigerten Körperkraft von sich stieß, so dass er wie ein weggekickter Fußball auf die Ladefläche eines vorbeifahrenden weißen Pick-ups knallte und talwärts entschwand, in jenen Sekunden also breitete sich ein Gefühl der Erleichterung aus, dass Aldos und sein Verbrechen niemals ans Tageslicht kommen und dass weder Dora noch Flavia je davon erfahren würden. Doch während er dem Auto hinterherschaute, das mit Aldos Kopf verschwand, tauchte ein anderes Gefühl auf, ein tiefer Schmerz, die Einsamkeit des zurückbleibenden Schuldigen, der seine Schuld mit niemandem mehr teilen konnte, der allein verantwortlich war für das, was er einst getan hatte, ein besoffener, tödlich endender Männerstreit um eine Frau. Ein Schuldiger, der jetzt mit Blut bekleckert auf der Landstraße stand, zum *Alabama* hinüberschaute, wo irgendwo Aldos geköpfter Rumpf liegen musste, und wusste, dass er ab sofort ein grundeinsamer Mörder war.

Fritz Bergundthal, 12:23

Bergundthals Hände zitterten.

Dora Polli möchte jetzt aussteigen, hatte Dora kühl gesagt. Er hatte sie schlecht verstanden, ein Hubschrauber war knatternd über sie hinweggeflogen. Er begriff mittlerweile, dass bei dieser Frau Widerworte kaum Sinn machten. Dora hatte gezetert und gejammert, ihn erst beschimpft und dann den lieben Gott verflucht, weil ihnen ihr Ehemann auf seinem hochgradig frisierten Mofa entwischt war, höchstwahrscheinlich in irgendeine Schotterstraße abgebogen. Bergundthal hatte alles bebend über sich ergehen lassen und dabei an Eulen gedacht. Normalerweise dachte er an Züge, wenn ihn jemand verärgerte, je gewaltiger der Ärger, desto länger die Zugformation, die *Union Pacific Railroad* half eigentlich immer. Heute war das anders, schließlich war heute alles anders, also konnte er auch an Eulen denken, um sein aufgebrachtes Gemüt zu besänftigen, an Schnee-Eulen, Uhus und Bergkäuze. Eine Eule habe sich in einen Nebenstollen verirrt, hatte Flavia vormittags erzählt, vermutlich nicht einmal verirrt, sondern sich in einer Tunnelnische eingerichtet, um den Nachwuchs darin großzuziehen; der Vogelschutzverein werde sie einfangen, ein Eulenleben retten. Bergundthal war in flirrender Vorfreude gewesen, trotz der in Rage geratenen Frau, die neben ihm saß; er hatte Eheprobleme nie verstanden, sondern immer nur betrachtet, diese Art der Besessenheit, diese Fixierung auf einen einzigen anderen, all das schien ihm so unplausibel, so überdreht. Ihm war ein bisschen übel geworden, das war die Angst, er hatte eine klaustrophobische Attacke im Tunnel unten befürchtet, wie sie ihn gelegentlich überfiel, in hochmodernen Fahrstühlen etwa, die sich so lautlos bewegten, dass man nicht mehr spürte, ob sie noch fuhren oder schon standen; diese Blöße durfte er sich nicht geben, nicht vor Flavia. Schließlich wünschte er, dass sie ihm alles zeigte, die Leitstelle, die Schotterzüge, das Ersatzteillager, die Zugwerkstatt, ja, die vor allem, warum also nicht auch eine Eule. Hoffentlich saß das Tier noch da. Gleich, hatte er gesagt, da vorne bei den Häusern kann ich anhalten. Dann plötzlich ein Knall, Dora hatte aufgekreischt und ihn erschrocken angesehen, die Altfrauenhände vor dem Mund zu Fäusten geballt. Irgendetwas war auf die Ladefläche gekracht, laut und hart.

Bergundthal lenkte den Pick-up an den Straßenrand und hielt an.

II

Eigentlich gab es für sie hier nichts zu tun. Sie hätte gerne abgestaubt, aber da war kein Staub. Sie hatte die Küchenschränke inspiziert, ob vielleicht damit etwas anzufangen wäre, klebrige Stellen abkratzen, Türgriffe polieren oder Krümel auswischen. Aber auch da: alles in Ordnung, ein makelloser Haushalt. Seit Tagen ging sie nun hier ein und aus. Fritzens Hilfeschrei, der mehr ein Hilfewimmern gewesen war, hatte sie genau im richtigen Moment erreicht: ihre alte Mutter am Tag zuvor abgereist, ihre Dreizimmerwohnung einerseits leer, andererseits aber mit einer geradezu unverschämt frisch anmutenden Luft aufgefüllt, was sie sowohl beglückte als auch beschämte – nicht dass ihre Mutter auffallend schlecht gerochen hätte, aber es war, als ob sie Raum für fünf einnehmen würde, für sich selber, für Olivia, ihre Schwestern und den toten Vater, alle schienen in den überbordenden mütterlichen Erzählungen ständig um sie herum zu schwirren –, zudem war Berlin in eine frühsommerliche Hysterie ausgebrochen, die sie mürbe machte, aufgekratzte Menschen, Kinderwagen vor Cafés, Fahrradrowdys in kurzen Hosen, Grillpartys auf Dachterrassen, in Hinterhöfen und Parks, sich überschlagende Frauenstimmen und bullenhaftes Männergebrüll des nächtens, rundum das pralle Leben also, das sie die sanfte Ereignislosigkeit ihrer eigenen Existenz noch deutlicher spüren ließ.

Olivia Mancini wohnte in einer Straße, in die man vor fünfundzwanzig Jahren gezogen war, weil ein paar der Westberliner Cafés, um die sich das Leben damals drehte, hier angesiedelt waren. Es war ein Glücksfall gewesen. Die Volkshochschule, in der sie unterrichtete, konnte sie zu Fuß erreichen. Es hätte mehr aus ihr werden können, das wusste sie. Sie war promoviert, sie hätte eine akademische Laufbahn verfolgen, eine eigene Sprachschule gründen oder Bildungsreisen nach Italien anbieten können. Sie war in die gleiche Falle getappt wie viele der damals Zugezogenen: Dieses ungeheuerlich billige Berliner Dasein hatte kaum Ehrgeiz hervorgerufen, alle vertrödelten die Tage und verschwatzten die Nächte, Karrieredenken war nicht einmal verpönt, sondern in ihren Kreisen schlicht nicht existent, Kneipenjobs, Taxifahren, bei ihr war es eben Italienischunterricht gewesen, erst an Küchentischen, später in zweitklassigen Sprachschulen, dann endlich in professionellerem Rahmen. Sie war – und deswegen litt sie nicht unter ihrem Sprachlehrerinnendasein – von Natur aus pingelig; in Sprachfinessen konnte sie sich ergehen, Schludrigkeiten tolerierte sie nicht, sie korrigierte ihre Schüler mit Nachdruck, manchmal auch mit einer gewissen Schärfe. Volkshochschüler nahmen freiwillig am Unterricht teil, sie wollten etwas lernen, bezahlten sogar dafür, da war Nachlässigkeit nicht gefragt. Immer mal wieder verliebte sich einer in sie, meist ältere Herren mit einer bildungsbürgerlichen Sehnsucht nach einem Italien, das es längst nicht mehr gab. Sie blieb standhaft, keiner berührte sie, schon lange hatte keiner sie mehr berührt, in jedem Sinne. Fritz Bergundthal bildete seit Jahren eine Ausnahme, irgendetwas reizte sie an ihm, seine Steifheit vielleicht, seine Akkuratesse, die ihrer nicht unähnlich war. Sie hatte an sich festgestellt, dass sie kurzatmiger war, wenn er bei ihr im Kurs saß, frischer und wacher, als ob ihr ganzer Stoffwechsel angekurbelt würde. Sie verspürte eine gewisse Lust, ihn zu dominieren, ihn zu lenken, richtiggehend schulmeisterlich fühlte sie sich mit ihm, streng und prüfend – und sie wusste, dass er das genoss. Ich liebe Ihre Korrekturen, hatte er ihr einmal verlegen gesagt, als sie sich dafür entschuldigt hatte, dass sie ihm nichts, aber auch gar nichts durchgehen ließ.

Dennoch wäre sie niemals auf die Idee gekommen, ihn außerhalb des Unterrichts zu treffen; hier, in seiner Küche stehend, fragte sie sich, warum eigentlich nicht. Es war, als ob dieser stete Kampf um die richtigen Worte, den sie führten, dieses Ringen, Ziehen und Zerren, das sich zwischen ihnen abspielte, auf das Klassenzimmer beschränkt wäre.

Als Fritz sie angerufen und mit matter Stimme um Hilfe gebeten hatte, war sie sofort ins Auto gesprungen und nach Mariendorf gefahren. Sie kannte sich in den Randbezirken Berlins überhaupt nicht aus. Kein Mensch, mit dem sie befreundet war, wohnte dort. Und kein Mensch, den sie kannte, wohnte in einem Reihenhaus. Fritz schon. Es waren eigenwillige Häuser, die da aneinanderklebten, nur acht Stück, mit kleinen Fenstern und flachen Dächern, nach dem Krieg erbaut. Fast die ganze Gegend war nach dem Krieg errichtet worden, einzig in der Hauptstraße standen Gründerzeitbauten, ansonsten vorwiegend von Rasen umgebene Sechzigerjahreblocks, ein paar Einfamilienhäuser und dazwischen diese Zeile mit den schmalen, zweigeschossigen Reihenhäusern. Sie waren auffällig, allerdings weniger der modernistisch angehauchten Architektur als der Farben wegen. Jedes von ihnen war dunkelrot gestrichen, aber keines im selben Rot. Olivia suchte stets nach passenden Bezeichnungen, wenn sie vor den Häusern parkte: blutrot, rostrot, rubinrot, ocker, kirschrot, zinnoberrot, bordeauxrot. Fritzens Haus war das letzte in der Zeile. Interessanterweise wechselten die Farben je nach Tageslicht. Mal schien seines das dunkelste zu sein, dann wieder dasjenige, das am stärksten ins Purpur tendierte.

Bergundthal saß im Wohnzimmer, die letzten drei Ausgaben der *Schweizer Eisenbahn-Revue* neben sich auf dem Sofa. Er hatte die Vorhänge halb zugezogen, im Moment ertrug er Sonnenlicht nur schwer; Olivia hatte bald eingesehen, dass es sinnlos war, die Vorhänge zu öffnen, er würde sie sowieso wieder schließen. Nicht ganz allerdings, denn Dunkelheit war ihm unheimlich, zurzeit schlief er sogar mit offener Schlafzimmertür und Licht im Flur; es war ein heikles Abwägen zwischen Hell und Dunkel. Dass diese ihm zwar zugewandte, aber letztlich doch fremde Frau in seinem Haus herumwurschtelte, war ihm die vergangenen Tage nicht unangenehm gewesen, eine mehr beruhigende als bedrohliche Präsenz. Allmählich aber musste eine Entscheidung getroffen werden. Er konnte Olivia nicht ewig als Betreuerin missbrauchen. Die Spannung, die sonst zwischen ihnen im Klassenzimmer herrschte, war verflogen, er erinnerte sich fast wehmütig an die aufgeladenen Stunden, an diesen elektrisierenden Strom der Worte, der zwischen ihnen hin und her floss, an seine wagemutigen Aufmüpfigkeiten und ihre ordnenden Zurechtweisungen; nichts von alledem war noch vorhanden, es war, als hätten sie ein halbes Dutzend Beziehungsstadien übersprungen und wären gleich in jenen Zustand satter ehelicher Genügsamkeit geplumpst, den er bei seinen Spaziergängen durch die Kleingartenkolonien in der Nachbarschaft so oft beobachten konnte, dass er ihn mittlerweile verstanden zu haben glaubte.

Bergundthal war froh, dass er zu Hause war, weit weg von den Geschehnissen um den zweigeteilten Aldo-Polli-Leichnam, den er dringend zu vergessen suchte. Eigentlich war es ja nur der obere Teil des Leichnams gewesen, den er vergessen musste, aber schließlich hatte er diesen über die Lenkstange seines Mofas gekrümmten alten Mann genügend lang von hinten beobachten können, um ihn als Ganzes wahrzunehmen, Dora hatte ihn ihm richtiggehend auf den Hals gehetzt, aber der Alte war schneller gewesen. Seine Gedanken drehten sich ständig um diese Minuten. Erst war Aldo vor ihnen gewesen, dann verschwunden und dann, o Gott, er durfte es sich nicht vorstellen. Bergundthal hörte, wie Olivia den Kühlschrank öffnete. Sie könnten jetzt ein Verhältnis beginnen, er müsste ihr nur ein Zeichen geben, sie einmal berühren, sich dicht hinter sie stellen, vielleicht an den Schultern anfassen oder gar an den Hüften und sie ein wenig zu sich ziehen, während sie mit ihren schmalen, flinken Fingern Auberginen ausnahm oder gesottene Tomaten schälte; sie war eine exzellente Köchin, so viel hatte er schon festgestellt, auch wenn er nur wenig aß. Mit Olivia lag ein neues

Dasein vor ihm, eine Option, wie er sie seit Jahren nicht gehabt hatte, eine biografische Kurskorrektur, die letztmögliche wahrscheinlich. Er dachte an Hanspeter in seiner Villa; auch einer, der eine Existenz ohne Frau führte, eine plausible Existenz. Hätte er ihn noch einmal besuchen sollen? Aber er hatte nicht die Kraft gehabt, nach allem, was passiert war.

Die ersten Minuten nach dem Unglück war er erstaunlich klar gewesen, nüchtern und besonnen. Er hatte den Helm auf der Ladefläche hin und her kullern sehen, diesen schwarzen Kopfsarg, Blutskizzen als Spuren hinterlassend, dunkle Zeichen eines gewesenen Lebens. Er hatte Dora vom Wagen weggeführt und einem Bauarbeiter anvertraut, der angelaufen kam. Der tranceartige Zustand, in dem er sich nun seit zwei Wochen befand und der einfach nicht schwinden wollte, hatte erst eingesetzt, als er vor dem *Alabama* auf dem Boden kauernd darauf gewartet hatte, dass die Polizei eintraf. Rund um ihn aufgeregte Menschen, die er wie durch einen Schleier wahrnahm, Huren und Freier, die aus dem Bordell stürzten, nur unvollständig bekleidet, dann Dora, die sich schluchzend an die Schulter des Bauarbeiters klammerte, schließlich Flavia, die in ihrem Auto angefahren kam. Aldo Pollis Leichnam lag hinter dem *Alabama*, direkt an der Wand, es hieß, die Blutlache sei nur wenig größer als eine Schallplatte, als ob Aldo kaum Blut in seinem ausgedörrten alten Körper gehabt hätte.

«Fritz, il pranzo è pronto!», rief Olivia. Sie ordnete die Schälchen auf dem Tablett, es war kein richtiges Mittagessen, nur ein paar im *Centro Italia* gekaufte Häppchen, Fritz würde sowieso das meiste stehen lassen. Sie war, sie konnte es nun nicht mehr leugnen, missmutig. Vorhin, sie jonglierte gerade mit tropfenden Tintenfischarmen zwischen ihren Fingern, hatte sie gespürt, dass sie ungeduldig wurde. Ungeduldig mit diesem Mann, der kaum redete, der ihr nur in groben Zügen erzählt hatte, was geschehen war. Ein fliegendes Paddel, ein geköpfter Mann, eine alte Frau, eine junge Frau. Wenn das so weiterginge, würde sie einen Psychologen einschalten müssen, um Fritz aus dieser Angststörung, in der er sich offensichtlich befand, herauszuhelfen. Sie war dazu nicht mehr in der Lage. Olivia schob die Schälchen mit den Kapern, den Zucchini, dem Käse und den wabbeligen Tintenfischarmen, deren nutzlose Saugnäpfe sie jetzt nur noch anekelten, auf dem Tablett zurecht und ging damit ins Wohnzimmer.

Bergundthal betrachtete Olivia wie eine Darstellerin in einem Bühnenstück, eine Darstellerin allerdings, die er nur unscharf wahrnahm, als ob er seine Brille nicht tragen würde. Er verstand sich selber nicht. Das kam nur selten vor. Eigentlich verstand Bergundthal sich meist sehr gut, durchleuchtete seine Bedürfnisse und Nöte mit einer nüchternen Klarheit, die er schon als Junge entwickelt hatte. Das war etwas, das ihn von anderen Kindern trennte, dieser geschärfte Blick auf sich selbst. Und was er da sah, war nicht sehr kompliziert. Womöglich war er nicht so vielschichtig wie andere Leute, das konnte durchaus sein. Ihm war, als ob er ein Leben auf Gleisen führte, unaufgeregt, manchmal waren Weichen nicht sauber gestellt und es holperte, ganz selten wechselte die Spurweite und er musste umdenken, gelegentlich überholte er jemanden, ein ewiges Aneinander-Vorbeigleiten war das, ab und zu erhaschte er einen Blick auf Unbekanntes, stand neben jemandem, der in dieselbe Richtung blickte, bevor der Fahrplan ihn daran erinnerte, weiterzufahren. Entgleist war er noch nie.

Jetzt war er entgleist. Er sah Olivia, wie sie durch die Wohnung schwebte, eine grazile Silhouette, die ein Tablett vor ihm auf den Couchtisch stellte, eine strenge italienische Fee, die sich über ihn beugte – wenn er es recht bedachte, nahm er das Zimmer in Farbe, sie aber in Schwarz-Weiß wahr, was natürlich verrückt war. Er schaute zur Ablenkung auf das Bücherregal, begann oben links mit Zählen, auch wenn er genau wusste, wie viele Bücher auf jedem Regalbrett standen, dennoch, Zählen beruhigte ihn, zudem waren die Bücher angenehm bunt, ein guter Kontrast zu der grau schattierten Olivia. Ja, so war das, dachte er, Olivia hatte man die Farben gestohlen, *er* hatte ihr die Farben gestohlen, sie einfach ausgewaschen, dafür leuchteten die beiden anderen Frauen in seiner Erinnerung sehr bunt, Doras nachtblauer Samtrock und auch Flavias grün kariertes Westernhemd über der Jeans nahmen geradezu außerweltliche Strahlkraft an.

Aldos aufgerissene Augen hinter dem dunklen Visier kehrten mit genauso beunruhigender Gleichmäßigkeit in seine Gedanken zurück wie Doras Nervenzusammenbruch, es war ein Sumpf aus wirren Bild- und Sprachfetzen, Dora, die dem alten Bauarbeiter auf die Brust trommelte, Namen, die ihm nichts sagten, Fragen, die er nicht verstand, Doras schrilles Lachen, immer wieder der Satz: «Non è colpa mia.»

Olivia hatte sich hingesetzt. Sie saß in dem zur Couch passenden Sessel, die Beine übereinandergeschlagen, einen Teller auf dem Knie. Bergundthal schaute zu ihr hin, sah die rosafarbenen Tintenfischstückchen, die schwarzen Oliven, die dunkelgrünen Kapern. Er sah den ockerfarbenen Sessel, er blickte aus dem Fenster zwischen den beigen Vorhängen hindurch auf das grüne Gras seines kleinen Gartens, er sah die lila Blüten der hochwachsenden Glockenblumen, sein Blick kehrte zu Olivia zurück und tatsächlich, sie saß da wie ausgeschnitten, ganz in Schwarz-Weiß, wie eine Figur aus einem Stummfilm, in ein modernes Set hineinkopiert. Ihm wurde schwindelig, er griff zur *Eisenbahn-Revue*, schlug sie auf, Fotos in vielen Farben, ein leuchtend roter *Desiro Classic* und eine *Ae 4/7* in SBB-Grün, alles ganz normal, nein, er litt unter keiner Sehstörung, es musste Olivia sein, mit der eine Veränderung vonstattengegangen war.

Er blickte wieder hoch, starrte sie an, sie nestelte an ihrer Bluse herum, versuchte irgendetwas zu entfernen, einen Tintenfischsoßenfleck wohl, die Bluse, die vormittags noch fröhlich zitronengelb gewesen war, war jetzt nur noch ein mattes Grau, ihre Hände auch, die ganze Olivia schattierte in Grautönen, die zudem immer blasser wurden. Flavias kariertes Hemd kam ihm in den Sinn, das blauweiße Band, das ihre nussbraunen Haare zusammenhielt, die silbern funkelnden Nieten auf den Stiefeln, das alles erschien ihm so wild und verwegen und kühn, richtiggehend berauschend in seiner schillernden Vielfarbigkeit. Ein weiterer Blick zu Olivia, die Sessellehne durchleuchtete von hinten ihren Brustkorb, als ob ein Foto mit Doppelbelichtung aufgenommen worden wäre, ockerfarbener Sessel in mausgrauen Brustkorb übergehend, von grauer Bluse überzogen, immer mehr verblassend. Sein Schwindel verstärkte sich, er aß schnell eine Kapernfrucht, den Stiel biss er mit den Schneidezähnen ab und legte ihn sorgfältig neben die anderen Stiele auf den Teller, wie tote, vertrocknete Würmchen lagen sie da. Er sehnte sich nach der rohen Bergwelt, den dunkelgrünen Tessiner Wäldern, nach Flavias Lachen und auch nach Dora, nach dem Schrillen, dem Lauten, dem Überbordenden. Bergundthal blickte zu Olivia hinüber. Sie war, er stellte es mit nur leisem Schrecken fest, nun ganz und gar verschwunden.